그런 밤, 모두의 에세이

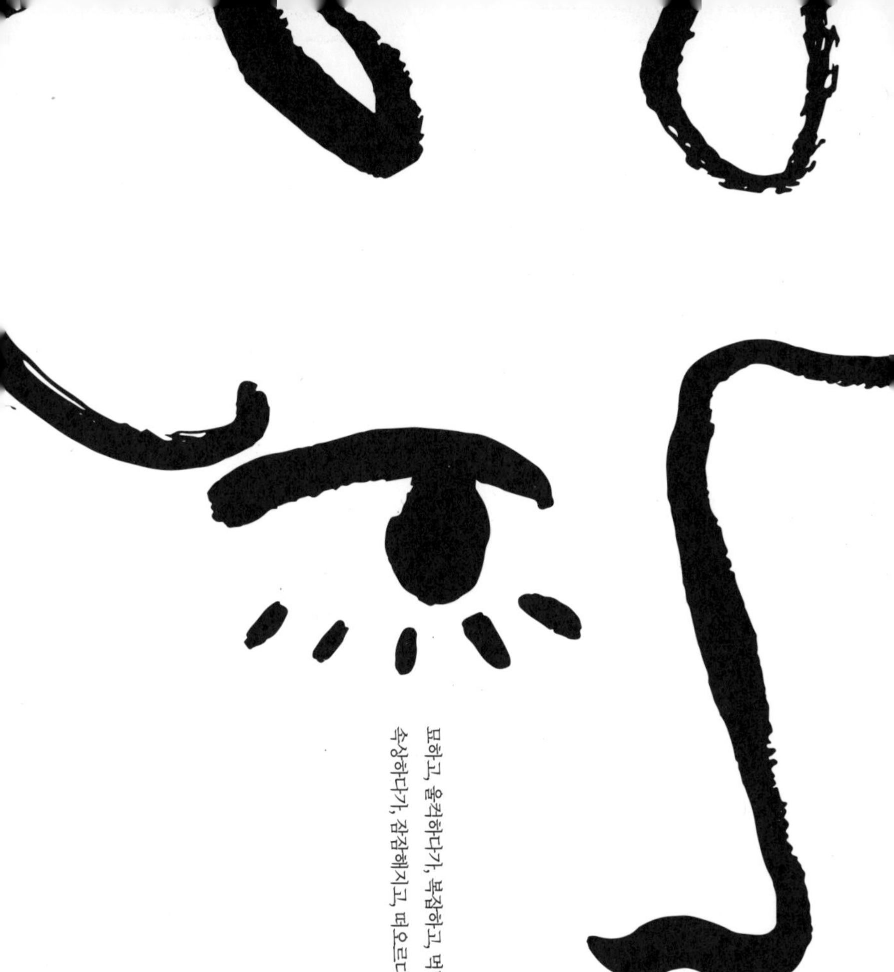

묘하고, 울컥하다가, 복잡하고, 먹먹하게,
속상하다가, 잠잠해지고, 떠오르다가, 괜찮아지는.

그런 밤, 모두의 에세이

정선호 · 박근미 지음

SNOWFOX.p

하나의 사건 속
두 개의 시선
당신이 탈바꿈되는 순간

세상은 가끔 뜻하지 않은 일들로 나를 흔들어놓습니다. 그럴 때면 마치 초점이 나간 렌즈처럼, 내가 처한 현실이 선명하게 보이지 않습니다. 어느덧 막막한 어둠이 나를 감싸고, 이 답답한 터널이 언제 끝날지 끝없이 자문하게 됩니다.
이 책은 그 어둠 속에서 제가 캐낸 작은 빛들에 관한 기록입니다.

10년이 넘는 시간 동안 카메라 렌즈를 통해 세상을 바라보면서 저는 하나의 사건 안에도 전혀 다른 시선이 존재한다는 걸 알게 되었습니다. 같은 고난 앞에서 어떤 사람은 선택으로 길을 열고, 어떤 사람은 견딤으로 파도를 넘습니다. 방법은 달랐지만 둘 다 어둠을 통과한 사람들이었습니다.

저는 선택하는 쪽이었습니다. 고난이라는 거대한 태풍 속에서도 저에게는 언제나 선택이라는 것이 있었습니다. 언제든 무너질 수 있었던 순간에도, 저는 작은 문 하나쯤은 찾아냈습니다. 누군가가 알려준 정답이 아니라 제가 직접 찾아 열어야 하는 문. 그것이 제가 삶을 살아온 방식입니다.

그리고 제 렌즈 너머에는 견디는 쪽을 택한 한 사람이 있었습니다. 막연한 어둠 속에서도 결국 태양이 뜰 거라는 믿음, 오늘 하루를 무사히 보내는 것이 내일의 나를 만든다는 단단한 마음. 화려한 기술도 극적인 선택도 없이, 그저 견딤이라는 단 하나의 태도로 시련을 넘긴 사람. 저의 어머니입니다.

이 책에서 우리는 하나의 사건을 두 가지 시선으로 바라봅니다. 그 두 갈래의 이야기가 만나는 지점에서 비로소 알게 됩니다. 힘든 순간은 시간이 해결해 주는 것이 아니라, 우리가 어떻게 바라보느냐에 따라 전혀 다른 순간이 될 수 있다는 것을요.

지금 이 책을 펼친 당신도 혹시 매서운 빙판길 위에 놓여 계신가요. 부디 이 기록이 당신의 흔들리는 초점을 조금이나마 잡아주고, 한 걸음 내디딜 수 있는 작은 길잡이가 되기를 바랍니다.

기록하는 아들과
살아내는 엄마 드림

차례

◆ ──────── **4장 - 함께 걸어온 길** ──────── ◆

5장 - 그 집의 온도

1장

그 말, 그 사람

1
칼이 된 말

"왜 그만뒀냐."

왜 그만두었냐니. 팬데믹으로 가족 생계가 어려워졌으니까 그만둔 거지. 아니, 눈물을 머금고 접었던 거였다. 정말 몰라서 물어보시는 걸까.

속이 타들어갔다. 집 상황이 어려워져서, 가족 살려보겠다고 그만둔 건데. 정말 왜 그만뒀는지 몰라서 저렇게 내 속을 긁는 걸까.

"엄마 때문에 그만둔 거잖아."

이 한마디로 나는 엄마 속을 몇 배로 되갚아 긁었다. 이혼 이후로 다시 한번, 자식에게 평생 미안한 마음을 안고 살게 할 잔인한 말을 내뱉은 것이다. 어쩌면 나는 야속한 말에 재능이 있는 게 아닐까. 마음이 아팠다.

그 말은 칼이었다. 한번 뱉고 나니 주워 담을 수 없었다. 엄마 가슴에 박혔을 거다. 가까운 사람이라서 더 날카로웠을 거다. 어디를 찌르면 가장 아픈지 서로 아니까.

결국 그건 인생에서 예기치 않게 벌어진 일 중 하나였고 스스로 내린 결정이었을 뿐이다. 지금 내 인생은 결코 누구의 잘못도, 누구의 탓도 아니다. 엄마는 그저 자식이 안타까운 마음에, 어떻게든 하고 싶은 공부를 계속하게 해주고 싶어서 그 말을 꺼낸 거였다. 나는 그 마음 밑바닥까지 할퀴는 말을 퍼부었다. 어쩌면 마음에 이 상황을 탓하고 싶은 심리가 있었을 것이다. 아쉽고 속상하고 원망도 있었을지 모른다.

내가 힘들다고, 내가 지쳤다고, 그렇게 말하면 안 되는 거였는데. 엄마도 힘들었을 텐데. 엄마도 미안했을 텐데. 나는 그 마음을 몰랐다. 미안하다.

언젠가 이 마음이 전해졌으면 좋겠다.

그래서 다짐한다. 이 결정이 잘한 결정이었다는 말이 나올 수 있을 만큼 열심히 살겠다고.

다양한 도전들을 하며 살아야겠다. 지금까지만 봐도 삶은 언제나 새로운 도전의 연속이었다. 음악을 시작한 것도, 영상을 시작한 것도, 모든 게 처음이었고 개척하는 느낌이었다. 도전하는 자세가 없다면 도태되는 순간이 온다. 그렇게 생각하면 지금 상황도, 이전의 상황들도 전부 감사한 일이 된다.

그 상처가, 그 힘듦이, 결국 나를 여기까지 오게 했다.

세상 모든 엄마를 대신하여

박근미 여사의 참견

그 말 들었을 때?

솔직히 칼로 찔린 것 같았지.

근데 있잖아, 엄마들은 다 알아.

니가 그 말 뱉고 얼마나 후회했는지.

문 닫고 들어가서 얼마나 속상했는지.

다 알아.

등 뒤에 눈 달린 거 몰랐어?

그리고 말이야, 엄마도 그 말 들을 만했어.

내가 더 잘했어야 했는데.

그러니까 이제 그만 미안해해.

엄마는 진짜 괜찮아.

니가 이렇게 글로 써준 것만으로도 그 칼 다 녹았어.

2 그저 들어줘

그저 들어주는 것으로 많은 위로가 된다.

누군가 내 이야기를 귀담아 들어주면 진심으로 '나를 생각해주고 있구나'라는 느낌이 든다.

모두 자기 말을 하고 싶어 한다. 자기 이야기를 하고 싶어 하고, 자기 의견을 말하고 싶어 하고, 자기 생각을 전하고 싶어 한다. 그래서 상대 말이 끝나기를 기다리며 자기 할 말을 준비한다.

모두 알다시피 진짜 대화는 듣는 거다.

상대 말에 온전히 집중하는 것. 내 할 말을 준비하지 않고 그의 이야기에 귀 기울이는 것. 그게 진짜 대화다. 그 대화는 상대의 이야기를 잘 들어주는 것이다.

현실적인 고민이나 아픔, 고비에 대해 실질적 조언이나 물질적 도움도 위로가 되지만 진짜 위로받고 있다고 느낄 때는 언제나 내 이야기를 귀담아 들어줄 때다.

"그래서 어떻게 됐어?"

"그때 기분이 어땠어?"

"더 얘기해봐."

이런 말들이 주는 위로는 깊다.

조언보다, 해결책보다, 그저 들어주는 것이 주는 위로. 누군가 위로해 줄 사람이 있다면 철저하게 그 사람의 입장에서 이야기를 들어주는 게 짱이다. 그 사람은 반드시 위로받고 치유받을 수 있다.

세상 모든 엄마를 대신하여

박근미 여사의 참견

나도 그랬어.

힘들다고 하면 바로 해결해 주고 싶었어.

"이렇게 해봐."

"저렇게 하면 되잖아."

"나 때는 말이야."

이런 말들이 입에서 튀어나왔지.

근데 그게 아니더라.

자식이든, 친구든, 그게 누구든 원하는 건 해결책이 아닌가봐.

그냥 들어주는 거.

"그래서 어떻게 됐어?"

"많이 힘들었겠다."

이 말이면 충분한 건가봐.

근데 자식한테 부모는 그게 제일 어려워.

자꾸 뭔가 해주고 싶거든.

가만히 듣고만 있으면 내가 아무것도 안 해주는 것 같아서.

세상 모든 부모님들, 잘해보십시다.

자식 말 끝까지 들어줍시다.

중간에 끊지 말고.

조언하고 싶어도 참고.

그냥 끝까지.

느~~~~~~~~~~~무 어렵겠지만... ㅜㅜㅜㅜ

3 미안하다는 말

누군가에게 진심으로 미안하다고 말했던 순간이 많지 않았다. 마찰은 쌍방 합작 결과물이니까 양쪽 모두에게 잘잘못이 있어서 미안하다는 말이 입안에서 맴돌다 사라지곤 했다.

고집이 센 편인 나는, 누가 봐도 내 잘못인 상황에서조차 미안하다고 말하면 지는 것 같았다. 인정하면 나쁜 놈이 되는 것 같았다. 때론 상대가 너무 예민해서 벌어진 일처럼 느끼기도 했다. 지금 생각하면 교만하고 어린 마음이었다.

언젠가부터 깨달은 게 있다.

누군가 내게 서운하다고 말해준다는 건, 아직 나와의 관계를 포기하지 않았다는 뜻이라는 것. 정말 끝난 사이라면 서운하다는 말조차 하지 않는다. 그냥 떠난다. 아무 말 없이.

그러니까 서운한 마음을 알려주는 건, 기회를 주는 거였다.

약속 시간에 매번 늦으면서 미안하다고 말하는 사람이 있다. 그건 진심이 아니라 버릇이다.

말실수로 상처를 주고도 '가끔 실수할 수도 있지' 하며 넘기는 사람도 있다. 나도 그랬다. 내 부족함을 인정하지 않으면 평생 같은 실수를 반복하게 된다는 걸, 한참 뒤에야 알았다.

사과 잘하는 사람이 관계도 오래간다. 당연한 말 같은데 실천은 참 어렵다. 아무도 사고를 내려고 운전하지 않지만 사고는 난다. 관계도 마찬가지다. 상처 주려고 한 말이 아닌데 상처가 되고 그럴 생각 없었는데 선을 넘는다. 중요한 건 그다음이다. 사과가 필요한 그 순간에 사과할 수 있는 내공. 그건 평소 겸손한 마음을 길러온 사람만이 가질 수 있는 실력 같다. 나는 아직도 연습 중이다.

세상 모든 엄마를 대신하여
박근미 여사의 참견

맞아. 사과 잘하는 거 진짜 중요해.
사람마다 감정의 선이 있거든.

그 선이 지켜지면 관계가 끊어지는 데까지는 안 가.
근데 그 선 넘었을 때 인정 안 하고 버리면?
그때 관계는 끝나는 거야.

조금만 양보하면 감정 상할 일이 줄어들어.

내가 틀렸을 수도 있다, 이거 인정하는 게 사과의 시작이야.

어렵지…….

근데 그게 안 되면 사람 잃어.

4 마음이 쉬는 곳

이해받지 못한다는 건 돌아갈 집이 없는 것 같은 감정이었다. 물리적인 공간의 문제가 아니었다. 내 마음이 돌아가 쉴 곳이 없다는 느낌. 나를 알아주는 사람이 아무도 없다는 막막함. '돌아갈 집이 없다'는 말은 어쩌면 그런 감정에서 나오는 게 아닐까.

지붕 아래 몸을 누일 수는 있어도 마음까지 누일 수 없을 때, 우리는 비로소 진짜 외로움이 뭔지 알게 된다.

한때 그런 시절이 있었다. 무슨 말을 해도 닿지 않는 것 같았고 애써 꺼낸 마음은 허공에 흩어지기만 했다. 그럴 때마다 나는 스스로에게 물었다. 내가 이상한 건가. 내 감정이 틀린 건가. 이해받지 못하는 시간이 길어질수록 나 자신마저 의심하게 됐다. 그게 가장 힘들었다.

이런 순간이라면 마음을 나눌 수 있는 친구와 시간을 보내거나 나를 따뜻하게 받아줄 사람을 만나는 등 각자만의 방법이 있다. 중요한 건 내 존재 자체를 수용해 주는 누군가가 있다는 사실을 떠올리는 그 뜨뜻함이니까.

방법이 뭐든, 결국 우리에게 필요한 건 "너는 괜찮은 사람이야"라는 한마디가 진심으로 닿는 순간이다. 그 사람은 누구든 상관없다. 내가 무너졌을 때 돌아갈 수 있는 곳, 있는 그대로의 나를 받아주는 사람이 단 한 명이라도 있다면 버틸 수 있다. 내 경우라면 그건 부모님이었다. 세상에서 아무리 치이고 돌아와도 내 이야기를 귀가 아닌 마음으로 들어주시는 분. 잘못했을 땐 호되게 야단치시면서도 결국엔 내 편이 되어주시는 분. 그 존재가 있었기에 나는 '돌아갈 곳'이 있었다.

혈연이 아니라도 괜찮다. 내 마음이 쉴 수 있는 곳, 나를 있는 그대로 받아주는 관계라면 그곳이 집이다. 어떤 사람에게는 오랜 친구가 그런 존재일 테고 어떤 사람에게는 연인이, 또 어떤 사람에게는 말없이 곁을 지켜주는 반려동물이 그 역할을 할 수도 있다. 형태는 중요하지 않다.

중요한 건 그 관계 안에서 내가 숨을 쉴 수 있느냐는 것이다. 다만 그런 관계는 저절로 생기지 않는다. 평소에 누군가와 숨김없이, 꾸밈없이 소통해온 시간이 쌓여야 한다. 서로의 약한 모습을 보여주고 그래도 괜찮다는 걸 확인하는 순간들이 겹겹이 쌓여야 한다. 그렇게 쌓인 친밀함이 내가 세상에서 흔들릴 때 버틸 수 있는 뒷심이 된다. 어찌 보면 너무나 당연한 말인데 그 당연한 걸 굳이 말해야 하는 시대가 된 것 같다.

우리는 수많은 사람과 연결되어 있으면서도 정작 마음을 나눌 곳은 잃어가고 있으니까.

누군가 나를 무조건적으로 이해해주길 바란다면 나 역시 그만큼 누군가를 무조건적으로 이해할 줄 아는 사람이어야 한다.
받기만 바라면서 왜 아무도 나를 알아주지 않느냐고 탓할 수는 없는 일이다.
내가 돌아갈 집은 내가 누군가의 집이 되어줄 때 비로소 생기는 것일지도 모른다. 문을 열어두는 쪽이 먼저다.

세상 모든 엄마를 대신하여

박근미 여사의 참견

돌아올 곳이 있다는 거, 별거 아니야.

문 열려 있고, 밥 있고,

니 얘기 들어줄 사람 있으면 그게 집이야.

거기 꼭 엄마가 있어야 하는 것도 아니고.

니가 누군가한테 그런 사람이면 그 사람한테 니가 집인 거지.

선호는 이제 나한테 그래.

내가 힘들면 얘가 들어줘.

언제부터 이렇게 됐나 모르겠는데

어느 순간 보니까 서로 집이 돼 있더라고.

5 그래도 괜찮아

나의 부족함을 지적하지 않고 그대로 안아줬을 때. 그게 내가 가장 성장한 순간이었다.
"이건 고쳐"가 아니라 "그래도 괜찮아"라고 했을 때. 나는 비로소 내 부족함을 인정할 수 있었다.

아무리 비슷한 환경에서 자라도 두 사람은 다르다. 혼자일 때는 몰랐던 것들이 누군가와 함께하면서 보이기 시작한다.
대조되는 부분들. 부족한 부분들. 그때 상대가 그 부족함을 품어주면, 나도 모르게 변하고 싶어진다. 지적받아서가 아니라, 그 노력이 고마워서. 그 사랑이 미안해서.

사랑한다는 것은 누군가를 성장시키는 행위 그 자체다. 나를 사랑하는 사람들이 나를 성장시켰다.
나를 사랑하는 친구가 나를 성장시켰다.

나를 사랑하는 연인이 나를 성장시켰다.

그들은 언제 어디서든 나의 부족함을 감싸 안아주고 배려하고 함께하려 노력했다.

그 위대한 노력들이 없었다면 지금 내 인격은 얼마나 빈껍데기일지 상상이 안 된다.

지금의 나는 모든 인연이 만들어준 선물이다.
그걸 알기에, 앞으로도 감사히 성장하련다.

세상 모든 엄마를 대신하여

박근미 여사의 참견

선호야…… 선호야……좋은데…… 진짜 다 좋은데…….

나……. 짬뽕 먹고 싶어.

지금.

오늘이 마지막이라면

나에게 시간이 얼마나 남아 있는지 모른다. 인생은 계획대로 흘러가지 않는다. 늘 내일이 올 거라고 믿는다. 오늘과 비슷한 내일, 계획한 대로의 내일, 준비한 만큼의 내일. 하지만 내일은 약속돼 있지 않다.

엄청난 역경이 당장 내일 찾아올지도 모른다. 내가 돈을 벌지 못하게 될 수도 있고, 큰 병이 찾아올 수도 있다. 이런 상황을 머리로는 알지만 가슴으로 받아들이기는 어렵다. 여전히 계획을 세우고, 미래를 준비하고, 언젠가를 기약하며 산다.

"나중에 시간 나면……."
"조금만 더 버티면……."
"언젠가는……."

그렇게 지금을 미루고, 오늘을 유예하고, 현재를 유보한다. 하지만 코로나가 세상을 멈춰 세웠을 때 내가 그토록 준비하고 계획했던 미래가 한순간에 의미를 잃을 수 있다는 걸 봤다. 박사라는 꿈도, 안정적인 미래의 계획도, 한순간에 뒤바뀔 수 있다는 걸.

그래서 이제는 미래에 대한 걱정보다 지금 주어진 시간에 감사하고 집중하고 싶다. 만약 내일이 또 온다면, 지금보다 감정적으로 더 풍요롭고, 조금 더 여유 있고, 다투는 시간 없이 긍정적인 시간들로만 채우고 싶다.

이것은 단순한 희망사항이 아니다. 절박함에 가까운 바람이다. 주어진 시간이 유한하다는 것을 안다면, 사랑하는 사람과 다투는 시간, 미움과 원망에 소비하는 에너지, 과거의 후회와 미래의 불안에 잠식당하는 현재. 그런 것들에 쓰기에는 인생이 너무 짧다.

만약 이 사람을 오늘 마지막으로 본다면 어떤 말을 할까. 지금 이 순간이 다시 돌아오지 않는다면 어떻게 보낼까. 그렇게 생각하면 지금 이 순간이 얼마나 소중한지 보이기 시작한다.

"그때 왜 그랬어?" 대신 "오늘은 어땠어?"를 묻고 싶다.
"앞으로 어떻게 할 거야?" 대신 "지금 필요한 게 뭐야?"를 묻고 싶다.
과거는 이미 지나갔고 미래는 아직 오지 않았다. 우리에게 있는 건 오직 지금뿐이다. 그 지금을 서로를 이해하려 애쓰는 시간으로, 따뜻한 말을 건네는 시간으로, 함께 웃는 시간으로 채우고 싶다.

언젠가는 끝이 온다.
엄마와 나, 우리에게도 마지막 순간이 올 것이다. 마지막으로 함께 밥을 먹는 날.

마지막으로 대화를 나누는 날.

마지막으로 서로를 보는 날.

그날이 언제일지는 아무도 모른다.

그래서 더 무섭고, 그래서 더 소중하다.

그날이 왔을 때 후회하고 싶지 않다.

"좀 더 잘해줄걸" 하고 후회하고 싶지 않다.

"좀 더 많이 말해줄걸" 하고 아쉬워하고 싶지 않다.

"좀 더 자주 안아줄걸" 하고 눈물 흘리고 싶지 않다.

그래서 나는 오늘을 산다. 내일이 아니라 오늘을. 언젠가가 아니라 지금을.

세상 모든 엄마를 대신하여

박근미 여사의 참견

애미는 너의 10년 후 20년 후가 정말 궁금한데, 그래도 첫 번째는 아프지 말고 잘 살았으면 좋겠다는 거야.
건강한 삶. 그게 가장 바라는 삶이야.

그거 말고 뭐가 더 중헌디?

그리고 하나 더.

누굴 위해서 하는 것이 아니라 자기 자신의 선택이고 그 결과여야

한다는 것.

그것만 알고 살자.

알겠지?

지나간 인연들에게

성숙하지 못해서 미안했어.

인연을 가꾼다는 게 뭔지 몰라서 미안했어.

서로 다른 건데 다르다고 미워해서 미안했어.

내 기준만 옳다고 우겨서 미안했어.

네 말을 끝까지 듣지 않고 내 뜻대로 해석해서 미안했어.

많이 받고 적게 주는 줄 몰라서 미안했어.

함께하는 인연이 소중한 줄 몰라서 미안했어.

늦게 알아서 미안했어.

그리고 고마워.

그때의 인연이 지금의 나를 만들었어.

지금 나라는 사람의 한 귀퉁이를 만들어준 실이 되어줘서 고마워.

덕분에 조금은 나은 사람이 됐어.

덕분에 조금은 지금 인연들에게 잘할 수 있을 것 같아.

고마워.

세상 모든 엄마를 대신하여

박근미 여사의 참견

나도 있어. 미안하다고 말 못 하고 헤어진 인연들.

근데 있잖아, 그때 미안한 줄 몰랐던 게 당연해.

몰랐으니까.

그때는 그게 최선이었던 거야.

지금 알았으면 됐어.

지금 인연들한테 잘하면 되는 거야.

그게 그 사람들한테 갚는 거야.

보이지 않아도

흐린 날 하늘이 보이지 않아도 고개를 올리면 그곳이 하늘인 걸 안다. 해변 앞 짙은 안개에 바다가 보이지 않아도 내 앞에 바다가 있는 걸 안다. 불 꺼진 밤 거실이 캄캄해도 벽면에 TV가 있는 걸 안다. 보이지 않아도 본질은 그대로 존재한다.

나도 여전히 나다. 그 생각만 잃지 않으면 된다.

누군가 나를 오해하거나 오판해도 나는 나를 포기하거나 잃지 않으면 된다.

굳이 "저 여기 있어요", "저 이런 사람이에요"라고 말하지 않아도 된다. 내 본연의 모습을 잃지 않고 할 일에 충실하다 보면 내 존재의 가치를 알아봐주는 날이 온다.

고수는 말이 없다.

언젠가 실력으로 증명될 거라는 믿음이 강하기 때문이다. 그 시간에 오늘 뭘 어떻게 해야 할지에만 집중한다. 나도 그렇게 살고 싶다. 근데 쉽지 않다.

사람들 평가에 신경을 많이 썼다. 내 유튜브 채널엔 악플이 거의 없는데도 그랬다. 하나둘 신경 쓰다 보니 그것에 나를 맞추게 됐다. 내 본연의 색을 잃을 뻔한 적이 많았다. 여기저기 휘둘리다가 초심 잃은 인플루언서가 될 뻔했다.

우유가 담긴 병을 보고 사람들이 물이라고 우겨도 우유는 우유다. 뚜껑 열고 따라보면 우유인데 뭐 하러 신경 쓰나. 그렇게 생각하면 편한데 막상 잘 안 됐다. 사회적인 동물이라 그런가. 신경 안 쓰려는 노력이 오히려 힘들었다.

그래도 나를 지켜온 힘은 결국 하나였다.
내가 온전히 여전히 나임을 믿는 것.
초심을 잃는 순간 그동안 쌓아온 가치가 초기화된다. 우유가 아니라 사람들이 말하는 물이 되어버린다. 그렇게 되지 않으려고 버텼다.

세상 모든 엄마를 대신하여

박근미 여사의 참견

니가 어떤 앤지 엄마가 제일 잘 알아.

세상 사람 백 명이 아니라고 해도 엄마는 다 알아.

니가 얼마나 애쓰고 있는지.

니가 얼마나 착한 앤지.

니가 얼마나 잘하려고 애쓰는지.

니가 니인 거 세상이 몰라줘도 엄마는 모두 다 알아.

걱정하지 마!

태어났을 때부터 봐왔는데 모를 리가 있나.

⁹ 가면 없이

"화면에서 보이는 모습이랑 똑같네요."

우리 모자가 가장 많이 듣는 말이다. 영상 속 모습과 실제가 다른 경우가 많다며 칭찬처럼 건네는 말인데, 나도 그런 경험이 있어서 무슨 뜻인지 안다.

영상에서는 밝고 유쾌하던 사람이 실제로 만나면 차갑고 무뚝뚝했다. 친근하고 다정해 보이던 사람이 일상에서는 완전히 다른 사람이었다. 그런 모습을 보면 실망스러웠다. 그리고 생각했다.

'나는 저렇게 되지 말아야지.'

이게 강점이라고 내세울 수 있는 건지는 모르겠다. 다만 확실한 건, 인위적인 모습은 언젠가 반드시 티가 난다는 것. 그리고 그걸 유지하느라 나 자신이 지쳤을 거라는 것.

가면은 무겁다. 처음에는 가벼워 보여도 오래 쓰고 있으면 점점 무거워진다. 어느 순간 그 무게를 감당하지 못하고 슬쩍 벗게 될 때, 사람들은 실망한다.

"저 사람 원래 저랬어?"

하지만 처음부터 가면을 쓰지 않으면 어떨까. 벗을 가면이 없다. 실망시킬 것도 없다. 그냥 처음부터 끝까지 나일 뿐이다.

누군가가 많은 사람에게 영향을 줄 수 있게 된 건, 그 사람이 정말로 우리 주변에 있을 법한 사람이기 때문이다. 꾸미지 않은 모습이 진짜처럼 느껴질 때, 사람들은 그 말에 솔깃해지고 공감하게 된다.

이건 내가 지키고 싶은 초심이자, 무엇보다 중요한 가치관이다. 상황에 따라, 사람에 따라 다른 모습을 연기하며 사는 건 내 적성에 맞지 않는다. 애초에 내 얼굴에 다 티가 났을 것이다. 나 말고 다른 사람을 연기한다는 건 정말 힘든 일이다. 그랬다면 몇 년 못하고 접었을지도 모른다.

진정성. 진짜. 그냥 나. 그게 오래가는 비결이었다.

화려한 포장은 처음에는 눈길을 끈다. 하지만 결국 사람들은 포장 안의 내용물을 본다. 내용물이 포장과 다르면 실망하고, 내용물이 포장과 같으면 신뢰한다.

나는 포장 없이 살기로 했다.

세상 모든 엄마를 대신하여

박근미 여사의 참견

맞아. 선호 원래 저래.

카메라 앞에서나 뒤에서나 똑같애.

엄마한테도 똑같이 까분다고. ㅋㅋㅋ

근데 그게 편해.

가면 쓴 사람을 금방 알아.

눈빛이 달라. 말투가 달라. 어딘가 어색해.

엄마들은 그런 거 귀신같이 알거든.

니들도 가면 쓰지 마.

무거워. 그거 쓰고 어디까지 갈라고.

벗으면 가볍다.

처음부터 안 쓰면 더 가볍고.

10 내가 먹어버린 시간

살아온 날들을 돌이켜보니, 세상 모든 자식은 부모의 청춘을 갉아 먹으며 자라고 있었다.

나 역시 매일매일 엄마의 청춘을 먹으며 안전하게 자랐다. 엄마가 포기한 시간 위에서 잠들었고, 엄마가 접어둔 꿈 위에서 내 꿈을 키웠다. 그렇게 부모의 청춘을 먹어 치우며 그나마 이만큼 자란 자식이, 고작 그거 잘났다고 "그것도 모르냐"며 무시했던 순간들이 너무 많았다.

엄마는 엄마라는 이름이 붙기 전에, 누구보다 똑똑하고 멋있었던 한 사람의 여자였다. 그 옛날 일본에서 디지털카메라라는 것을 처음 사와 나에게 사용법을 알려주시던 똑 부러진 사람이었다. 일본에서 한국 무용을 가르쳤고, 유창하게 일본어와 한문을 척척 읽어내던 사람이었다. 어린 내 눈에 엄마는 정말 거대해 보였다. 못하는 게 없는 사람 같았다.

그런 엄마에게 나는 어떻게 했던가. 스마트폰 사용법을 알려달라는 엄마에게 툴툴거렸다. 같은 걸 두 번 물으면 한숨부터 쉬었다.

한때 그토록 거대했던 사람에게, 나는 참 잔인하게 굴었다. 이제 엄마는 대부분을 잊어버렸다. 유창하던 일본어도, 척척 읽어내던 한문도 희미해졌다. 겨우 남은 기억이 전부인 모습이 되었다. 엄마가 잃어버린 것들이 어디로 갔는지 나는 안다. 내가 먹었다. 우리 형제가 먹었다. 엄마의 한문을, 일본어를, 기억을, 시간을, 청춘을, 될 수 있었던 모든 가능성을 우리가 먹어 치웠다.

부모는 그렇게 사라진다.
자식에게 모든 것을 내어주며 조금씩 작아진다. 자식이 클수록 부모는 줄어든다.
자식이 빛날수록 부모는 바랜다.
그것이 부모라는 존재다.
이제는 그만 내어주셔도 된다.
자식 걱정하느라 스스로를 갉아먹지 않으셔도 된다. 혹여 자식에게 힘든 일이 생겨도, 그대로 두셔도 된다. 다시 털고 일어날 수 있게 키워주셨으니, 이제 그 걱정은 놓으셔도 된다.
아들을 그만 바라보셔도 된다.
거울 속 본인만 보며 아끼고 사랑해주며 사셔도 된다. 여태 아들만 보고 사셨으니, 이제는 내가 바라볼 것이니, 나를 쳐다보지 않으셔도 된다.
그동안 엄마에게 받은 청춘만큼, 이제는 내가 돌려드릴 것이다. 엄마가 남은 인생을 빛나게 살 수 있도록, 넘어지거나 아프지 않게, 받기만 하시도록.

만약 엄마의 청춘이 내 성장의 영양분이란 걸 미리 알았다면, 기꺼이 이 세상에 태어나지 않았어도 좋았을 것이다. 그만큼 엄마가 행복하게 사셨으면 좋겠다.

세상의 모든 부모님은 이제 모두 받을 차례다.

세상 모든 엄마를 대신하여

박근미 여사의 참견

감동의 도가니탕…… 눈물의 설렁탕…….

근데 …… 부모들은 받는 거 잘 못해.

평생 주기만 했으니까.

그러니까 니들이 좀 억지로라도 끼워 넣어.

밥 사고, 여행 끌고 가고, 용돈 통장에 꽂아놓고.

안 받는다고? 그냥 놔두고 와. 어차피 다 쓴다.

그리고 세상 모든 부모들한테 내가 한마디할게요.

우리도 이제 좀 누립시다.

자식 걱정은 무덤까지 간다는데,

그 무덤 가기 전에 우리 좀 잘 먹고 잘 놀아야 되지 않겠어요?

11

외롭다면 잘 가고 있는 거다

요즘 많이 힘들고 쓸쓸하다면 어쩌면 누구도 가보지 않은 길을 가고 있어서일지 모른다. 만약 그렇다면 외로운 게 당연하다. 조언을 구할 곳도 없고 정보를 찾을 곳도 없으니 홀로 서 있는 기분에 우울해진다. 나도 그랬다.

내가 뭘 잘못하고 있는 건가 싶었다. 왜 아무도 도와주지 않는 건가 싶었다. 다들 어디서 답을 얻는 건지 나만 모르는 것 같았다.

그런데 생각해보면 당연한 거였다. 아무도 가보지 않은 길이니까 도움을 줄 수 있는 사람이 있을 리 없다. 그리고 내가 홀로 서 있는 그 자리는 아무도 얼씬할 수 없는 곳이었다.

외로운 게 아니라 앞서 있던 거였다.

힘들고 외롭다는 건 슬퍼할 이유가 아니었다. 아무도 그 길에 눈뜨지 못했고 따라올 수 없는 자리에 내가 서 있다는 뜻이었다. 나를 도와줄 사람이 없다는 건 그 길을 제일 잘 아는 사람이 나라는 뜻이기도 했다. AI조차 학습하지 못한 영역을 내가 개척하고 있는 거였다. 그걸 깨닫고 나니 외로움이 조금 다르게 느껴졌다.

나만의 길을 간다는 건 원래 외로운 거다.

나다운 길은 나만이 제일 잘 알고 나만이 지나갈 수 있는 모양과 보폭으로 되어 있다. 남들과 다른 방식일 수 있고 남이 보기에 낯설어 보일 수도 있다. 그래도 괜찮다. 맞지 않는 옷을 입고 남의 방식을 따라가면 뭐 하나. 사이즈가 다른 유니폼을 입고 올림픽에 나가서 좋은 기록이 나올 리 없다.

물론 "나는 내 방식대로 할 거야, 닥쳐!"라는 태도는 위험하다. 귀를 열고 듣는 내용의 반 정도는 참고해보는 게 낫다. 딱딱하게 굳어 있으면 부러진다. 더불어 혼자 있는 시간이 길어지면 위험하다. 내가 만든 알고리즘에 갇혀서 내 생각만 옳다고 믿게 된다. 나도 그랬다.

오랜 기간 혼자 있다 보니 고집이 세졌고 내 알고리즘에 맞지 않는 사람은 칼같이 배척했다. 내 말에 잘 따라주길 바랐다. 지금 생각하면 꽤 못난 모습이었다.

혼자 있는 시간을 줄이고 다른 사람 말에 귀 기울이면서 나를 중립으로 끌어오려고 노력하다 보니 내가 얼마나 치우쳐 있었는지 보이기 시작했다. 다양한 시선은 내 중심을 잡아준다.

혼자서는 절대 못 보는 것들이 있다.

외로우면 잘 가고 있는 거다.

다만 혼자라고 닫혀 있으면 안 된다. 외로움과 고립은 다르므로.

세상 모든 엄마를 대신하여

박근미 여사의 참견

외롭다고 문 닫아버리면 그건 외로운 게 아니라 갇힌 거야.

엄마도 그랬어.

혼자 다 하려고 악썼지.

도와달라는 말이 왜 그렇게 안 나오던지.

근데 있잖아,

문 열어두면 누가 들어와.

닫아두면 아무도 못 들어와.

단순한 거야.

외로운 거랑 혼자인 거랑 달라.

외로워도 문 열어둬.

그래야 누가 밥이라도 갖다주지.

엄마가 갖다줄게. 문 열어놔. ㅋㅋ

2장

그래도 나는 나다

12

내 선택, 내 책임

당장 집을 못 구하면 길거리에서 자야 한다는 걸 아는 것.

당장 일을 못 구하면 굶어야 한다는 걸 아는 것.

도와줄 사람 아무도 없는 곳에서 혼자 길을 찾아야 한다는 것.

모든 위기 앞에서 도망가지 않고 버텨내는 것.

모두 내 힘으로 해결하는 것.

내 선택에 내가 책임진다는 것.

누구 탓도 할 수 없다는 걸 받아들이는 것.

어른이 된다는 건 그런 거였다.

주름이 100개라도 아직 어른이 아닌 것.

일이 틀어지면 일단 남 탓부터 하는 것.

월급은 내 돈인데 실수는 회사 탓인 것.

약속에 늦고도 "길이 막혀서"로 10년째 버티는 것.

부모님 잔소리엔 "내가 애야?"라면서 부족한 돈은 아직도 부모님 통장에서 얻는 것.

결정은 미루고, 책임은 피하고, 잘되면 내 덕 안 되면 네 탓인 것.

"요즘 세상이 어려워서"로 모든 걸 설명하는 것.

자취한다고 독립한 줄 아는 것.

보험료와 공과금은 자동이체라 엄마가 내는 줄도 모르는 것.

연애 실패는 다 상대가 이상해서인 것.

용서할 줄 모르면서 이해하는 척하는 것.

세상 모든 엄마를 대신하여

박근미 여사의 참견

호주 간다고 했을 때, 한 달 치 생활비밖에 없다길래 속으로 얼마
나 좋았는지 아냐?

그래도 안 말렸어.

굶어봐야 밥이 얼마나 소중한지 알고,

추워봐야 지붕이 얼마나 고마운지 아는 거지, 뭐.

부모들이 자식 키우면서 제일 어려운 게 뭔지 알아?

도와주고 싶은 손, 꾹 참는 거야.

넘어지는 거 보면서 안 잡아주는 거.

그게 진짜 어려운 거야.

근데 그걸 참아야 애가 어른이 되는 거 아니까 꾹꾹 참는거야.

니들은 야속하다고 뒷담화를 까지만.

안 해줘야 알아서 하니까. 못 해주면 스스로 하니까.

자식이 고생하는 거, 지켜보는 것도 사랑이야.

알겠냐? 자식들아!!!

13

미움이라는 짐

한때 미운 사람이 있었다. 내 상황은 전혀 고려하지 않고 자기 입장만 이해해달라는 사람이었다. 나는 그의 상황을 이해하고 있었다. 다만 내 마음도 조금만 알아달라는 것뿐이었다.

아주 작은 바람이었다. 그런데 그 작은 마음조차 몰라주니 야속하고, 미웠다.

그 감정은 몇 년이 지나도 사라지지 않았다. 문득문득 떠올랐다. 잠이 안 오는 밤이면 그 생각이 올라왔다.

'내가 이해심이 부족했던 걸까. 내 마음이 더 넓었다면 그 관계가 유지되고 있었을까.'

아마 누구나 한 번쯤은 이런 밤을 보냈을 것이다. 나를 탓하다가 상대를 탓하다가, 다시 나를 탓하는 밤. 그러다 어느 날 이런 생각이 들었다.

'상대도 나만큼 이 관계에 대해 고민하고 있을까?'

아마 아닐 거다. 그랬다면 관계는 끊어지지 않았을 테니까. 상대가 나에게 준 마음의 크기가 내가 준 것만큼 크지 않았던 거다.

상처받는 쪽은 언제나 마음이 더 컸던 쪽이다. 연인 사이만 그런 게 아니다. 친구도, 가족도, 동료도 마찬가지다.

그래서 한동안은 마음을 아꼈다. 상대가 나에게 들이는 만큼만 주기로 했다. 더 주지 않았다. 기대가 없으니 실망도 없었다. 상처받는 일이 줄었다.

그런데 이것도 오래하다 보니 외로워졌다. 다치지 않으려고 아예 가까이 가지 않는 삶. 안전하긴 한데, 텅 빈 느낌이었다.

삶을 좀 살다 보니 이런 생각이 든다. 관계란 게 계산대로 되지 않는다. 줬으니까 받고, 받았으니까 주고. 그렇게 딱 맞아떨어지면 좋겠지만 사람 마음이 그렇지 않았다. 어긋나는 게 당연하고 상처받는 것도 피할 수 없었다.

다만 한 가지는 선택할 수 있다. 상처받은 뒤에 어떻게 할 것인가를.

다시 마음을 열기로 했다. 상처받을 수도 있지만 가까워질 수도 있다. 그런 거다. 돌이켜보면 누군가를 미워하는 동안 제일 괴로웠던 건 나였다. 상대는 아무렇지 않게 자기 삶을 살고 있었다. 미움이라는 감정은 내 안에서 맴돌며 나를 갉아먹었다. 상대를 미워한다고 생각했는데 결국 나 자신을 해치고 있었던 거다.

미워하기 전에 나를 먼저 돌보자.

그 사람 생각으로 쓸 시간에 나를 위한 시간을 쓰자. 사람은 누구나 각자의 방식으로 관계를 맺고 끊는다. 맞는 사람이 있고 맞지 않는 사람이 있다. 누구의 잘못이 아니다. 그냥 서로 다른 거다.

맞다. 미움은 짐이다. 내려놓으면 가벼워진다.

세상 모든 엄마를 대신하여

박근미 여사의 참견

근데 맞는 말이야.

미움이든 서운함이든 내 안에 가두는 거,

그게 병을 키워.

나도 알아.

퍼주고 퍼줬는데 돌아온 건 서운함뿐인 적 있었거든.

그래서 하는 말인데, 내려놓을 건 내려놓고 살아.

아프면 아프다, 힘들면 힘들다 말해.

목소리 키우고 힘껏.

그러면 에너지가 생겨.

미움도 털어버리면 그 비어짐이 좋더라.

14

지켜낼 수 있을까

1년 전쯤 엄마는 은퇴했다. 나는 코로나 때 차려드린 가게 대출금을 다 갚은 게 얼마 전이라 여유도 없다.

이런 상황에서 크리에이터라는 직업으로 가족을 부양할 수 있을지부터 걱정된다. 솔직히 말하면 하루하루 피 말리고 겁이 난다. 수입이 너무 크게 들쭉날쭉해서다. 이제 유튜브에는 자본이 너무 많이 들어와 있고 예전과 달리 알고리즘도 어느 정도는 자본에 의해 움직이는 것으로 보인다. 이 험한 상황에서 참신하다는 그 무기 하나로 언제까지 버틸 수 있을지. 앞으로 또 코로나 시국 같은 어려움이 닥치면 가족을 잘 지켜낼 수 있을지.

사람들은 구독자 수와 조회 수와 광고 수입 같은 겉으로 보이는 숫자들만 보고 부러워한다. "유튜버 좋겠다", "돈 많이 벌겠다", "편하게 사네"라고 말한다. 하지만 그렇게 팔자 좋은 유튜버는 흔치 않다. 다음 달에도 수입이 유지될까? 알고리즘이 바뀌면 어떡하지? 사람들이 나를 잊으면 어떡하지? 이 직업이 10년 후에도 있을까? 그런 불안을 달고 산다.

매달 월급이 나오는 게 아니고 아무것도 보장된 게 없다. 오늘 잘 돼도 내일은 모른다. 그 불안감 속에서 매일을 산다. 진정성을 무기 삼아 우리를 좋아해주시는 팬분들을 위해 열심히 하지만 앞으로 내가 어떻게 될지는 정말 모른다.

유망한 박사의 길을 걷는 남자가 아니라 크리에이터라는 불안한 직업을 가진 나를 동반자로 맞을 사람이 몇이나 될지, 혹 아이라도 생긴 다음에 내가 이 일을 하지 못하게 되는 상황이 벌어지면 그땐 또 어떻게 될지, 생각하면 막연하다.
그렇다고 부조리에 편승하지도 못한다.
혈연과 학연과 지연으로 돌아가는 사회 부분이 너무 크다. 아는 사람끼리 일감 몰아주고 내 사람 초청해서 상 주고 라인 잘 타야 콩고물 떨어지고 승승장구하고. 정말 싫다. 이런 게.
그런 단체와 기업과 사람들과 타협하지 않았다. 그 고집 때문에 덤으로 얻는 게 없나 보다.

하지만 정말 어려운 상황에서 내가 이런 기준을 어기지 않고 꺾지 않을 수 있을까?
사실 그 걱정이 제일 크다. 꼭 필요한 상황에서라면 돈 앞에서 신념을 지키는 건 어렵다. 배가 고프면 무릎을 꿇게 된다고 했다. 가족이 굶으면 자존심 따위는 버리게 된다고 했다.
나는 그 상황이 오면 어떻게 할 수 있을까. 내가 뭐라고.

나를 동경하고 존경해주며 좋아해주시는 어린 구독자분들이 많이 있다. 크리에이터라는 직업은 그 누구보다도 사람들에게 전파되기 쉽고 보이는 대로 사회에 직접적인 영향을 끼친다. 그래서 인플루언스influence라는 말에서 인플루언서라는 표현이 생긴 것이다.

특히 어린 친구들의 경우 알고리즘에 의해 너무도 쉽게 한쪽으로 성향이 치우쳐질 수 있다. 다시 말해 나를 좋아해주는 친구들은 이미 나에 대해 몰입할 될 수밖에 없는 환경에 놓여 있다. 당연히 모범적으로 행동하지 않으면 안 된다.

하지만 어떤 상황이라도 이런 마음을 계속 지켜나갈 수 있을지 걱정된다.

세상 모든 엄마를 대신하여

박근미 여사의 참견

선호야, 너는 온 세상을 걱정하는구나.

그래 멋있다.

헌데 애미는 너희 형제 관계 걱정도 좀 해줬으면 좋겠어. 엄마의 요즘 가장 큰 걱정은 늘 너희 형제 사이야. 아들 둘인데 성격이 너무 다르고 자란 환경도 달랐으니까.

사실 지금 우리가 이렇게 잘 지내는 것도 어떻게 보면 형이 있었기 때문인지 몰라. 이렇게 말해도 될지 모르겠지만 형의 실패가 있었기에 지금의 우리 관계가 만들어졌다고 생각해. 이건 거저 된 게 아니야. 겹겹이 쌓인 시간을 함께 견뎌냈기 때문에 지금이 있는 거지.

엄마는 형한텐 뭐든 최고로 해줬어. 너는 거의 내버려뒀고. 그래서 너는 늘 양보하고 손해 보고 감수하면서 살아왔어. 엄마는 그 시간들을 다 알아. 그래도 형은 여전히 엄마한테 아픈 손가락이야. 네가 그걸 아니까 형에 대한 감정이 좋지 않은 것도 이해해.
그래서 진심으로 바라고 있어. 시간이 더 지나기 전에 너희가 회복되길.
나이 들면 결국 가족밖에 없다고 하잖아. 부모가 없어지면 남는 건 너희 둘뿐이야. 이제라도 쌓인 감정 풀고 여느 형제들처럼 웃고 지내면 좋겠어.
형제간의 우애와 가족의 화목. 그게 없으면 아무리 성공해도 좋은 집에 살아도, 좋은 차를 타도 다 잠깐이더라. 결국 남는 건 가족이야.
엄마의 마지막 걱정이자 바람은 너희 형제가 다시 가까워지는 거야. 그게 엄마가 이 세상에서 풀고 가야 할 숙제라고 생각해.

15

멈춰버린 날

학창 시절부터 나는 과학자가 꿈이었다. 막연한 꿈이었지만 생각하는 게 재미있었다. 어떤 원리와 이유로 그 결과가 나오는지 알아야 마음이 편한 성격이었다. 그런 호기심이 나를 과학의 길로 이끌었다.

성균관대학교 화학과 석·박사 통합 과정. 연구, 논문, 신물질 개발. 모든 것이 계획 안에 있었고 계획대로 흘러가고 있었다. 박사 졸업을 코앞에 두고 있었다. 그때까지 나는 내 인생이 예정된 궤도 위를 달리고 있다고 믿었다.

그런데 세상이 멈췄다. 졸업 논문을 쓰려던 찰나, 코로나19라는 말이 뉴스에서 점점 빈번히 들려오기 시작했다. 처음엔 남의 나라 일인 줄 알았다. 곧 지나갈 거라고 생각했다. 하지만 규제는 점점 심해졌고, 가게들은 하나둘 문을 닫았고 거리는 텅 비었다.

우리 엄마 가게도 피해갈 수 없었다.

"괜찮아, 곧 나아질 거야."

엄마는 그렇게 말씀하셨지만 그 말 뒤에 숨은 불안을 나는 알 수 있었다. 우리 집이 빚더미에 앉는 것을 보고만 있을 수는 없었다.

연구실을 박차고 나왔다. 평생 달려온 학업의 길이었다. 내 꿈이었고 내 미래였다. 하지만 그 모든 것을 뒤로하는 결정을 내리기까지 오래 걸리지 않았다. 교수님께 제대로 말씀드릴 겨를도 없었다. 짐도 연구실에 그대로 둔 채 뛰쳐나왔다. 돈을 벌어야 했다. 당장 살아야 했다.

누군가는 물을지도 모른다.

"왜 그렇게까지 해야 했느냐"고.

"조금만 더 버티면 되지 않았느냐"고.

하지만 가족이 무너지는 걸 보면서 꿈을 지킬 수 있는 사람이 얼마나 될까.

부모님이 평생 일궈온 것이 하루아침에 사라지는데 "저는 제 꿈이 중요하니까요"라고 말할 수 있는 자식이 얼마나 될까.

그때까지 나의 본업은 박사 과정이었고 유튜브 100만 채널은 취미였다. 그런데 그 순간 모든 게 뒤바뀌었다. 박사 학위는 수료로 남겨둔 채, SNS 채널 운영이 본업이 되었다. 나는 그렇게 내 꿈을 접었다.

그런데 이상했다. 취미로 할 때 너무도 잘되던 유튜브가 본업으로 하려니 거짓말처럼 안 되기 시작했다. 왜 그랬을까.

취미일 때는 재미있어서 했다. 누가 봐주든 말든, 조회 수가 나오든 말든, 그저 즐거워서 카메라 앞에 섰다. 그 순수함이 사람들에게 전해졌던 것 같다.

그런데 본업이 되는 순간 모든 게 달라졌다. 재미가 아니라 생존이 되었다. 조회 수는 숫자가 아니라 생계가 되었다. 즐거움은 사라지고 부담만 남았다.

카메라 앞에 서는 게 두려워졌다. "이번 영상은 잘 나올까?" "사람들이 좋아할까?" "조회 수가 나올까?" 그런 생각들이 나를 짓눌렀다.

좋아서 하던 일이 해야만 하는 일이 되면 그 일은 더 이상 같은 일이 아니다.

나만 살자고 함께 일하던 직원들을 내칠 수는 없었다. 매달 적자였다. 수익은 줄어드는데 고정 지출은 그대로였다. 그렇게 1년을 버티다 보니 모든 게 망가져 있었다.

몸이 망가졌다.

밤낮없이 일했지만 결과는 나아지지 않았다.

정신이 망가졌다.

언제 끝날지 모르는 터널 속에서 나는 점점 무너지고 있었다. 주머니 사정이 망가졌다.

빚을 갚으려고 시작한 일인데 빚만 더 늘어났다. 인간관계가 망가졌다.

여유가 없으니 사람을 대하는 것조차 버거웠다.

모든 것이 내가 바랐던 것과 정반대로 흘러갔다.

정신이 바짝 들었다.

우리는 모두 한 번쯤 이런 순간을 마주한다.

열심히 달려온 길이 무너지는 순간.

내가 원하던 것과 정반대로 흘러가는 순간.

가족을 위해 생존을 위해 꿈을 접어야 하는 순간. 그 순간 우리는 선택해야 한다.

계속 버틸 것인가 다른 길을 찾을 것인가.

무너진 꿈을 붙잡을 것인가, 새로운 꿈을 꿀 것인가.

나는 그때 깨달았다.

꿈이 무너졌다고 해서 인생이 끝나는 건 아니라는 걸. 계획대로 되지 않는다고 해서 실패한 게 아니라는 걸. 때로는 무너지는 것이 새로 시작하기 위한 과정일 수도 있다는 걸.

세상 모든 엄마를 대신하여

박근미 여사의 참견

또 찡해질라고 하네……

헌데 나도 내 꿈을 얘기해볼까 한다.

스물다섯에 결혼했지. 결혼 전의 꿈? 솔직히 없었어. 그냥 엄마가 하라는 대로 살았어.

"여자는 조신해야 하고 남자랑 말도 섞지 말아야 한다." 이런 말 들으면서 자라다 보니 늘 엄마 품 안에서 조심조심 살았던 것 같아.

그래서 학교 다닐 때 친구들이 장래희망으로 딴사니 선생님이니 적을 때, 나는 그런 게 무슨 의미가 있나 싶었어.

아, 근데 꿈이 있었어, 진짜로! '여군.'

나는 여군이 되고 싶었었어.

이 글 쓰기 전까지 까마득하게 잊고 있었지만, 지금 돌이켜보면 조금은 후회돼.

내가 진짜 하고 싶은 걸 찾지 못하고 그냥 공부와 학벌만 좇았던 게.

그래서 그렇게 자격증을 많이 땄나봐. 서른 개쯤 되지. 아마 내가 잘하는 걸, 진짜 나다운 걸 찾고 싶어서였던 것 같아.

근데 지금은 좋아.

이제는 과거에 머무르는 게 아니라 앞으로가 더 궁금하거든. 내일이 궁금하고, 10년 후의 내가 궁금해. 그래서 오늘 하루를 열심히 사는 거야.

이 나이 먹은 엄마도 이렇게 사는데, 너희들은 오죽 더 멋지겠니.

훌훌 걱정 털고 하고 싶은 걸 해.

16 실행하는 사람

청춘이란 '생각 없이' 사는 사람들이다.

생각이 떠오르면 바로 실행에 옮기는 사람.

그래서 머릿속이 늘 비어 있는 사람.

내가 생각하는 청춘. 그러니까 '생각 없는 사람'이 청춘이다.

누구나 머릿속에 생각을 쌓아둔다. 이거 해야지, 저거 해야지. 언젠간 해봐야지. 그러다 생각이 생각을 낳고, 머리가 복잡해지고, 결국 아무것도 하지 못한다.

청춘은 다르다.

아이디어가 떠오르면 주저 없이 실행한다.

실행했으니 머릿속은 비워진다.

비어 있으니 다음 생각이 들어와도 명료하다.

또 실행한다.

또 비워진다.

생각을 쌓아두는 사람이 아니라, 생각을 비워내는 사람. 그게 청춘이다.

나이가 아니다. 태도가 청춘과 아닌 것을 가른다.

'아프니까 청춘'은 '잃을 것 없는 우리니까, 빚져야 본전이니까, 한 번 시원하게 도전해보자'는 의미다. 그래서 청춘은 나이가 아니다. 목적을 향해 거침없이 실행하고 경험하고 나아가는 상태, 그게 청춘이다. 실천에 옮기는 것, 그것이 청춘이다. 그렇게 청춘으로 살다 보면, 정말로 봄은 오고야 만다.

간단하고 명료하게, 바로바로 실천으로 머리를 깨끗하게 비워내는 청춘으로 오래오래 살고 싶다.

세상 모든 엄마를 대신하여

박근미 여사의 참견

오~~~ 이 신박한 접근은 뭐지? ㅋㅋㅋ

생각 없는 사람이 청춘이라고?

그럼 나야말로 청춘이지.

생각나면 뭐든지 바로 해버리잖아. 말도. ㅋㅋㅋ

17

결국 남는 사람

오래된 친구가 있었다. 언제부터 연락이 뜸해졌는지 모르겠다. 어느새 안부조차 어색해졌다. 서운하기도 했고 한편으론 나도 마찬가지였으니 할 말이 없었다.

예전엔 친구를 잃으면 마음이 아팠다. 내가 뭘 잘못했나 되짚어보고 붙잡아야 하나 고민하고 밤새 생각했다. 나이가 드니 조금 달라졌다. 그냥, 그런 거구나 싶어졌다.

나뭇잎도 푸르다가 떨어지고 신발도 새것이었다가 닳는다. 그러다 또 봄이 오고 또 새 신발을 신는다. 지나간 계절을 붙잡고 있을 수 없듯 떠나간 인연도 붙잡을 수 없다.

나는 화학을 전공했다. 우리 눈에 보이는 물질은 고요해 보이지만 그 안에서는 수많은 원자들이 끊임없이 붙었다 떨어졌다를 반복하고 있다. 산소와 수소가 만나 물이 되고 물은 다시 산소와 수소로 흩어진다. 그렇게 만나고 헤어지기를 거듭하다가 결국 가장 안정된 구조에 도달한다. 사람 사이도 그렇지 않을까. 만남과 헤어짐을 반복하며 결국 서로에게 맞는 자리를 찾아가는 거다.

돌아보면 친구를 잃은 이유는 다양했다. 친한 줄 알았는데 내 얘기가 다른 데서 들렸을 때, 돈이 오가면서 마음도 틀어졌을 때, 별것 아닌 말다툼이 커져서 돌이킬 수 없게 됐을 때, 그리고 이유도 모른 채 멀어진 경우도 많았다. 어느 날 문득 생각나서 연락했더니 번호가 바뀌어 있었다. 상대는 이미 나를 지웠는데 나만 아직 들고 있었던 거다.

한동안은 그게 서러웠다. 나는 아직 이 사람을 친구라고 생각하는데 그 사람에게 나는 이미 지나간 사람이라는 것. 그 온도 차이가 아팠다.

그런데 시간이 지나며 알게 됐다. 노력한다고 이어지는 것도 아니고, 가만히 있는다고 끊어지는 것도 아니라는 걸.

억지로 붙잡은 인연은 결국 또 떨어지고 가만히 있어도 이어지는 인연은 그냥 이어진다.

친구가 많아야 좋은 줄 알았다. 주말마다 만날 사람이 있어야 하고 전화 한 통이면 달려올 사람이 몇 명은 돼야 한다고 생각했다. 그래야 외롭지 않을 줄 알았다. 그래야 괜찮은 사람인 것 같았다. 지금은 모르겠다. 다만 숫자가 중요한 게 아니란 걸 안다.

관계든 일이든, 결과에 너무 매달리지 않고 내 방식대로 살다 보면 결국 나와 맞는 자리에 가 있었다. 원자가 그렇듯, 사람도 결국 자기에게 맞는 곳에 안착하는 듯하다.

지금 내 옆에 남아 있는 사람들이 있다. 대단한 이유가 있는 게 아니다. 그냥 서로 편해서, 서로 맞아서, 자연스럽게 여기까지 온 거다. 오래 못 봐도 어색하지 않고 만나면 어제 본 것처럼 얘기가 된다. 굳이 설명하지 않아도 알아주고 굳이 부탁하지 않아도 먼저 손 내밀어준다.

그게 친구였다.

세상 모든 엄마를 대신하여

박근미 여사의 참견

와, 이 쎄끼…… 화학 박사 수준에 걸맞게 친구도 화학으로 이해하는군. ㅋㅋㅋ

원자가 붙었다 떨어졌다 한다…….

근데 내가 화학을 몰라도 이치는 잘 알지.

이 말 맞는 말이야.

인연이 그래. 내 나이쯤 되면 알아.

평생 갈 줄 알았던 친구가 어느 날 사라지고,

생각지도 못한 사람이 내 옆에 남아 있더라.

젊었을 때 매일 붙어 다니던 친구는 연락도 안 되고, 그냥 동네에서 우연히 알게 된 사람이 지금 제일 가까운 친구야.

그러니까 친구 잃었다고 너무 슬퍼하지 마.

지금 네 옆에 남아 있는 사람, 그 사람이 진짜야.

18

편안하게 나로

'나다운 것'은 과연 뭘까.

이 질문을 정말 오랫동안 생각해왔다.

그런데 어디서도 답을 찾을 수 없었다. 책을 집필하면서 이것에 대한 해답을 찾기 위해 무수한 생각에 잠겼다. 한 줄도 못 쓰고 나를 하나하나 관찰하며 무아지경에 빠져들었다. 그런데 이상하게 너무 편했다. 내가 존재한다는 그 자체 외에 모든 게 거리낌 없이 편안해졌다.

알 것 같았다. '나다운 것'이란 결국 '내가 편한 상태로 존재할 수 있는 것'이 아닐까.

무아지경에 빠져도 모를 정도로 살아가는 자체가 편한 상태. 뭘 하든 인위적이지 않고 있는 그대로의 내 모습으로 표현하고 행동할 수 있는 것. 가식 없이 말하고 꾸밈없이 감정을 드러내고 어떤 행동을 할 때 불편함을 느끼지 않는 상태.

그게 '나다운 것'인 것 같다.

이걸 알고 나니 몇 가지가 맞춰졌다. 가족이란 존재는 내가 나답

게 있을 수 있도록 편하게 만들어주는 존재였다. 사랑하는 사람이란 상대를 바꾸려 하지 않고 있는 그대로 받아들이고 이해하는 사람이었다. 내가 나일 수 있게 해주는 사람들. 그게 가장 이상적인 관계였다.

반대로 이런 것도 보였다. 내 모습이 아닌 걸 강요하거나 가식적인 연기를 해야 하는 관계라면 그건 서둘러 정리할 관계라는 것.

주변을 둘러보게 됐다. 내가 나다울 수 있게 함께 있어도 편하게 만들어주는 사람인지, 나를 바꾸려 하거나 불편하게 하지는 않는지. 서로 하나둘 따지고 고치려 들면 그 끝이 없다. 모든 인간은 절대로 같을 수가 없으니까.

나도 돌아봤다. 나는 상대를 있는 그대로 받아들이고 있는지, 상대가 편안함을 느끼고 자기 자신일 수 있도록 배려하고 있는지. 내가 나답고 싶다면 상대도 자신으로 있을 수 있어야 한다.

세상 모든 엄마를 대신하여

박근미 여사의 참견

아주 가까운 사이라도 가면 쓰고 살잖아.

부부끼리도 그렇고 부모 자식 사이도 그래.

서로 맞춰주고 눈치 보고.

그게 익숙해져버린 거야. 나도 그랬어.

근데 그게 너무 오래되면 나중엔 가면 벗는 법을 잊어버려.

진짜 내가 뭔지도 모르게 돼.

가면 벗을 수 있는 사람 있어?

있으면 꽉 잡아.

없으면 찾아.

19

계획대로 되지 않아도

10년 후 어떻게 살고 있을지 전혀 예측되지 않는다. 0.1%도. 10년 전의 나는 현재의 내가 이렇게 살고 있을 거라고 상상도 못 했다.
10년 전의 계획과 목표대로 살게 됐다면 그건 10년간 아무런 탈 없이 평탄하게 살았다는 뜻이다. 매우 성공적인 10년이었겠지.
안타깝게도 나는 지난 10년간 정말 많은 예기치 못한 일들을 겪었다. 계획은 무너졌고 목표는 바뀌었고 예상은 빗나갔다.
그 속에서 내가 할 수 있었던 거라곤 나를 너무 엇나가지 않게 잘 다듬으며 최선의 선택을 하는 것뿐이었다. 돌이켜 보면 그게 전부였고 그러면 충분했다.

지금도 별 탈 없이 잘 살고 있는 것으로 보아 나는 성공적으로 살고 있다.
우리는 계획을 세운다. 1년 계획, 5년 계획, 10년 계획. 목표를 정하고 단계를 나누고 일정을 짠다. 그렇게 해야 성공한다고 배웠다.
하지만 변하지 않는 진실이 있다. 인생은 계획대로 흘러가지 않는다.

계획과 목표들이 하나둘 엇나가고 이행되지 못했을 때 엄청난 스트레스와 패배감이 든다는 걸 깨달았다. 너무 많은 계획은 독이란 걸 알았다.

인생은 잘 짜인 계획대로 순탄하게 흘러가기보다 예상하지 못한 결과를 경험하며 배워가는 순간들이 훨씬 많았다. 그리고 그 순간들이 나를 발전시켜왔다.

원하지 않는 결과가 나왔다면 그건 실패가 아니라 다음을 위한 재료가 된다. 왜 이런 결과가 나왔는지 살피고 방법을 바꿔보고 다시 시도하면 된다.

그렇게 나는 너무 먼 계획을 세우지 않는 사람이 되었다. 지금도 1년 이상의 목표는 세우지 않는다. 대신 지금 내가 처한 환경에서 잘할 수 있는 것에 집중한다. 그러다 보면 어느덧 나도 모르는 정상을 향해 가게 된다.

만약 10년 후에 지금 바라는 대로 살고 있지 않다면 그동안 또 많은 힘듦이 있었다는 얘기다. 그러나 실망하진 않을 것이다.
그 일들 속에서 나는 또 엄청난 발전을 한 사람이 되어 있을 테니까.

세상 모든 엄마를 대신하여

박근미 여사의 참견

아들아, 애미는 10년 후에도 지금 모습 이대로 살고 있을 것 같구나.

거창한 꿈은 없어. 대단한 목표도 없어.

그냥 오늘처럼 내일도 건강하게 일어나서 사우나 가고 저녁 바람 쐬고

아들 얼굴 보면서 웃고. 그렇게 하루하루 감사하며 사는 거지.

10년 후에도 그렇게 살 수 있다면 진짜 최고의 인생일 거야.

20

선구자는 외롭다

모든 일에는 정답이 없다. 나는 과학자들이나 유명인, 연예인들의 조언이나 명언 등을 맹신하지 않는다. 물론, 그들의 말을 무시하거나 가치가 없다고 말하는 것이 아니다. 그들은 분명 그들이 그들의 위치로 가기 위해 축적한 많은 노하우를 알고 있을 테니까, 도움이 될 때도 있을 것이다. 그러나 단연코 모두에게 적용되는 마법 같은 팁 같은 것은 없다.

"이렇게 하면 성공합니다."
"이 방법만 따라 하면 됩니다."
"저도 이렇게 해서 성공했습니다."
유혹적인 말들이다. 누군가 이미 성공한 길을 따라가면 나도 성공할 것 같다. 검증된 방법을 따르면 실패하지 않을 것 같다. 하지만 그건 착각이다. 내가 살아온 길이나 환경은 그들과 분명 다르다. 우연히 그들의 방법이 통할 수도 있겠지만, 통했다 한들 이것은 어디까지나 치트키 정도일 뿐, 그들보다 더 높은 길로 가기 위한 방법은 아니다. 나만이 나를 제일 잘 알 뿐만 아니라, 더 나은 길, 더 높은 초월의 길로 가기 위해선 또 다른 나만의 방법이 필요하다. 그저 나를 믿고 부딪치고 경험하면서 배우고, 나만의 길을 찾아야 한다.

남들이 너도나도 유튜브 하니까 튜토리얼 보면서 유튜브 하는 사람이 되는 것이 아니라, 모두가 "유튜브? 그게 뭐야?" 하는 시기에 그저 몰라도 시도해보고 경험해보는 자세가 중요하다는 것이다.

선구자는 외롭다. 아무도 가지 않은 길을 가기 때문이다. 참고할 것도 없고, 물어볼 곳도 없고, 따라 할 대상도 없다. 하지만 선구자만이 새로운 길을 만든다. 그 길을 따라 수많은 사람들이 걸어가지만, 그 길을 처음 낸 사람은 단 한 명이다. 나는 길을 내는 사람이 되기로 했다.

세상 모든 엄마를 대신하여

대표 엄마 박근미 여사의 참견

선구자는 외롭다고?

엄마도 알아. 아무도 안 가본 길 가는 거, 진짜 외로워.

근데 있잖아, 혼자 가는 것 같아도 뒤돌아보면 따라오는 사람들이

있어. 우리 씨앗이들처럼.

우리 채널 사랑해주셔서 대단히 감사합니다!

콘텐츠 볼 때 부정이 아닌 긍정의 마음으로 봐주셨으면 좋겠어요.

제가 막 욕도 하고 소리도 지르고 하니까. ㅋㅋ

영상 볼 때만이라도 많이 웃으셨으면 좋겠어요.

옛 고승들 말을 빌리면, 평생 한 번도 못 만나고 가는 인연이 더 많

다고 해요.

그 무수한 인연 중에 이렇게 만났으니 얼마나 소중해요.

서로 오래오래 봤으면 좋겠다는 바람이에요. 우리 씨앙이들 사랑

합니다.

21

조금 손해 봐도

실험실에서 배운 것이 있다. 아무리 정밀한 저울도 오차가 있다는 점이다. 정확한 측정 도구도 한계가 있다. 그래서 과학에서는 '유효 숫자'라는 개념을 쓴다. 의미 있는 숫자만 취하고 나머지는 무시한다.

인간관계도 그렇다. 누군가는 분명 0.001mg이든 0.001ml든 손해 보게 돼 있다. 작은 손해도 보지 않으려고 들면 엄청난 노력과 에너지를 소모하게 된다. 하지만 요즘 세상은 누구도 일말의 손해조차 보지 않으려 한다.

밥값을 나눌 때도 업무를 나눌 때도 내가 더 하는 건 아닌지 따진다. 관계에서도 내가 더 주는 건 아닌지, 손해 보는 건 아닌지 계산한다. 그렇게 계산하다 보면 관계는 피폐해진다.

내가 조금 더 냈다고, 내가 조금 더 했다고, 내가 조금 더 양보했다고. 그게 뭐 대수인가.

어차피 관점에 따라 보면 모두 오차 범위다. 그 정도는 기꺼이 감수하고 살고 싶다. 그래야 관계가 편해지고 마음이 편해지고 인생이 편해진다. 모든 것을 정확히 반으로 나누려는 순간, 우리는 계산기가 된다. 사람이 아니라.

세상 모든 엄마를 대신하여

박근미 여사의 참견

행복이 뭐 별거냐. 마음먹기 달린 거지.

생각하기 나름이야.

손해 본 것 같아서 속상해? 그럼 이렇게 생각해봐. '내가 베푼 거

다. 내가 여유 있어서 양보한 거다.'

그렇게 생각하면 손해가 아니라 베풂이 돼.

속상함이 아니라 뿌듯함이 돼.

같은 상황도 어떻게 생각하느냐에 따라 완전히 달라져. 엄마도 그

렇게 살아왔어. 손해 본 거 많지. 근데 다 베풂이었다고 생각하니

까 억울하지는 않아.

22

행복하기로 했다

순간이 아름답다고 느끼고 기록하고 싶어지는 이유는 뭘까. 그날의 구름 때문일까. 선선한 바람 때문일까. 멋진 풍경이나 날씨 때문일까.

아니, 아마도 그걸 느낄 수 있는 여유 때문인 것 같다. 그걸 예쁘다고 받아들이기로 한 내 마음 상태 때문인 것 같다.

바쁘게 뛰어다닐 땐 바람이 불어도 몰랐다. 햇살이 예쁘게 내려앉아도 몰랐다. 연구실에서 새벽까지 논문 쓰고 집에 가는 길, 하늘이 어떤 색이었는지 기억나지 않는다. 그냥 지나쳤다. 그때 나는 아무것도 예쁘지 않았다.

같은 무더운 여름날이어도 '더워서 짜증나는 날씨'가 될 수 있고 '화창하고 화사한 날씨'가 될 수 있다. 결국 내가 어떻게 받아들이기로 마음먹었느냐다.

이걸 깨닫고 나서 매일 행복하기로 마음먹어본다. 매일은 힘들어도 생각날 때만이라도.

지금 이 순간이 행복하다. 책상에 앉아 물 마시며 글 쓰고 있는 것. 창밖으로 햇살이 들어오는 것. 저녁에 뭐 먹을까 고민하는 것.

별것 아닌 일들이 전부 좋다.

어머니 잔소리를 듣는 것까지도. 물론 나도 그 잔소리를 온전히 받아들이지 못할 때가 있다. 어머니는 잘되라는 마음이셨을 텐데 감정이 상하고, 그런 내 마음이 또 속상하다.

그래도 잔소리를 들을 수 있다는 건, 잔소리해줄 사람이 곁에 있다는 거다. 그것도 행복이었다.

그래도……. 자식에게 잔소리보다 따뜻한 응원 한마디가 힘이 된다는 걸 제발 좀 다들 아셔야 할 텐데.

세상 모든 엄마를 대신하여

박근미 여사의 참견

알았어……. 줄일게.

조금만!!!!!

3장

가는 중입니다

23

아프지 않은 하루

내가 중학생 때 어머니는 유방암 판정을 받으셨다. 이후 오랜 시간 항암치료가 이어졌다. 열네 살 소년에게 '암'이라는 단어는 감당하기 어려운 무게였다. 죽음을 떠올리게 했고 끝을 암시했다. 엄마가 죽을 수도 있다고?

그 생각만으로 숨이 막혔다. 항암 치료를 시작한 뒤 엄마는 늘 비니 같은 모자를 쓰고 다니셨다. 어느 날 우연히 모자를 벗은 모습을 보게 됐다. 머리카락이 없었다. 처음엔 다른 사람인 줄 알았는데 우리 엄마가 맞았다.

당연했던 엄마의 존재가 사실은 당연하지 않다는 것을 깨달은 순간이다. 늘 건강하게 옆에 계실 거라고 믿었는데 그것은 약속된 것이 아니었다.

'건강 없이는 행복이라는 기둥을 세울 수 없겠구나.' 어린 나이에 너무 무거운 깨달음이었다.

하루는 언제부턴가 안전벨트를 자꾸 하지 않는 엄마에게 짜증 섞인 말을 했다.

"안전벨트 좀! 제발 해."

엄마가 덤덤한 표정으로 말했다.

"엄마 아파서. 너무 아파서 못 해."

항암 후유증으로 가슴이 아파서 벨트를 맬 수 없다는 걸 나는 몰랐다. 그저 귀찮아서 안 하는 줄 알았다. 엄마는 매일 그 고통을 안고 살아가고 계셨다. 아무렇지 않은 척하면서. 웃으면서. 일상을 살고 계셨다. 행복에 건강이 얼마나 중요한지를 다시 한번 느끼는 순간이었다.

부모님이 지금 아프지 않다면 그것만으로 행복한 것이다. 지금처럼 같이 배틀그라운드라는 게임도 하고 골프도 치고 맛있는 것도 먹고 좋은 곳을 건강한 다리로 오래도록 함께 걸을 수 있다면. 하지만 그저 몇 걸음만이라도 걸을 수 있어도 감사한 것이다. 그러니 지금이야말로 충분히 행복하다고 느끼며 살고 있다.

중요한 것은 너무나 기본적인 것들이다.

건강하게 숨 쉬는 것.

사랑하는 사람과 함께 걷는 것.

오늘 하루를 무사히 보내는 것.

그것들이 당연하게 느껴질 때 우리는 그 소중함을 모른다. 하지만 그것이 위협받을 때 비로소 깨닫는다. 그것이 얼마나 큰 축복이었는지를.

얼마 전 오키나와에서 거북이와 함께 스쿠버다이빙을 하고 너무 좋아서 엄마도 꼭 체험시켜드리고 싶었다. 그래서 함께 다시 갔더니 만 60세 이하만 가능하단다. 아, 효도에도 때가 있구나.

그야말로 효도를 하고 싶어도 할 수 없는 상황이었다. '나중에 여유 생기면 부모님 모시고 여행 가야지.' '돈 좀 더 벌면 효도 제대로 해야지.' '시간 나면 자주 찾아뵙고 좋은 거 많이 해드려야지.'

하지만 '나중에'는 없을 수도 있다. 부모님은 계속 늙어가고 할 수 있는 것들은 점점 줄어든다. 우리가 '나중에'를 준비하는 동안 기회는 조용히 사라진다. 그리고 어느 순간 깨닫는다.

'아, 이제는 할 수 없구나.'

그 깨달음만큼 슬픈 것이 있을까.

행복이라는 건 내가 보는 것을 같이 볼 수 있는 사람. 내가 듣는 것을 같이 들을 수 있는 사람. 내가 먹는 것을 같이 먹을 수 있는 사람. 내가 즐기는 것을 같이 즐길 수 있는 사람. 내가 느끼는 것을 같이 느낄 수 있는 사람. 그런 사람이 있다는 게 행복이었다.

오감을 공감할 수 있는 사람이 곁에 있다는 것은 행복이자 축복이다. 동시에 공감해줄 수 있는 사람이 있다는 것은 나를 과거에 가두지 않고 현재에 충실하게 살아가게 하는 삶의 원동력이 된다.

효도할 수 있는 사람이 옆에 있다는 것. 그 자체로 이미 행복할 기회를 가지고 있는 셈이다. 행복할지 말지는 우리의 몫이다.

지금 부모님이 살아계시면 그것만으로 축복이다. 지금 함께 밥을 먹을 수 있다면, 같은 하늘 아래 숨 쉬고 있다면 그것만으로도 감사한 일이다. 미루지 말자. 언젠가가 아니라 오늘이다.

세상 모든 엄마를 대신하여

박근미 여사의 참견

엄마는 지금 너무 행복해. 진짜 인생에서 이렇게 행복했던 적이 있었나 싶을 정도야. 마음이 편하니까 행복한 것 같아. 오늘도 감사하게 잘 보냈고 내일이 기대돼.

돈이 많아서 행복한 게 아니야. 뭘 하고 싶어서 그걸 해서 행복한 것도 아니고 그냥 매일 아들 얼굴 보면서 내일을 기대하는 그 삶 자체가 행복이야. 그래서 엄마는 매일매일이 행복해.

엄마가 사우나 가는 걸 진짜 좋아하잖아. 사우나 가서 씻고 나오면 하루가 마무리된 기분이야. 오늘 해야 할 일을 다 끝내고 나오는 그 느낌 있잖아. 저녁에 깨끗이 씻고 나와서 바람 쐬면서 '아, 너무 행복해~'하는 그 순간, 그게 진짜 행복이야.

사우나 하고 저녁 바람 마시면서 집에 가기.

24

그때의 나도 괜찮았다

"너 왜 아직도 그렇게 살고 있어?"

"분명 그거 한다 하지 않았어?"

"또 미룬 거야?"

살다 보면 이런 말을 듣는다. 남에게도 듣고 스스로에게도 듣는다. 작년에 하겠다던 것을 올해도 못 했을 때. 이번 달에 시작하겠다던 것이 다음 달로 밀렸을 때. 결심만 수십 번, 실행은 아직도 제자리일 때.

왜 난 이럴까. 왜 작심삼일일까. 왜 말만 하고 못 할까.

그런데 정말 그 계획이 지금 내게 필요한 걸까? 미룬 게 아니라 지금은 때가 아닌 걸 본능적으로 알고 있는 건 아닐까? 안 한 게 아니라 더 중요한 것들을 하느라 순서가 밀린 건 아닐까?

맞다. 지금 내게 진짜 필요한 게 뭔지 아는 것. 그게 먼저다. 과거의 나도 마찬가지다.

"저번엔 엄청 힘들어하는 것 같더니 이제 기억도 안 나는 듯이 잘

사네?"

"별것도 아닌데 뭐 그렇게 죽을 만큼 힘들어한 거야?"

이런 말도 듣는다.

지나고 나면 아무것도 아닌 일. 그때는 세상이 무너지는 것 같았는데 지금은 그게 뭐였는지도 가물가물한 일. 그때의 나는 유난을 떨었던 걸까? 그때의 고통은 가짜였을까?

아니다. 그때는 진짜 힘들었던 거다. 그 순간에는 그게 전부였던 거다. 다만 시간이 지나면서 내가 자라난 것이다. 그 고통을 품을 수 있을 만큼 내가 커진 거다.

지금 힘든 일도 마찬가지다. 1년 후에는 "그때 왜 그랬지?" 싶을 거다. 그렇다고 지금의 고통이 가짜인 건 아니다. 지금은 진짜 힘든 거다. 다만 나는 또 자라날 것이다.

과거의 나를 부끄러워하지 않기로 했다. 그때의 나는 그만큼 살았고 그만큼 느꼈고 그만큼 버텼다. 그 모든 과거의 내가 있었기에 지금의 내가 있다.

세상 모든 엄마를 대신하여

박근미 여사의 참견

뜬금없이 내 얘기 좀 해도 되나? ㅎㅎㅎ

나는 세상을 너무 몰랐어.

사실 지금에서야 세상을 조금 알 듯한 사람이지.

어렸을 때부터 시골에서 반타이즈 구두 신고 다니면서 중고등학교 때

는 걸스카우트 했고 대학 가서도 아르바이트 한 번 해보지 않았어. 남

자랑 손만 잡아도 결혼해야 하는 줄 알았던 똥멍청이였어.

돈에 대한 개념도 결혼생활에 대한 이해도 없었던 내가 대학에서

졸업하자마자 결혼을 했어. 그리고 인생의 우여곡절이 시작됐지.

사회생활도 한 번 안 해본 명청이가 사업을 벌이고. 눈만 높아지

고 기왕 하는 거 크게.

안 해본 일이 없을 정도로 많은 일들을 했고 그때 돈도 많이 떼이

고 배신도 당하고. 그러면서 인생을 알게 된 것 같아.

참! 나이 들어서 찾은 취미인데 나는 '배틀그라운드'라는 게임을

하는 할줌마야.

정말 재미있어. 하다 보면 해가 떠.

왜 애들이 게임하다 밤을 새우는지 알겠더라고. 하하.

난 이제 좀 인생이 재밌어지는 사람이라고 말하고 싶어. 과거의 나는 세상 모르는 똥멍청이였어. 근데 그래서 어때?

그 똥멍청이가 넘어지고 깨지고 울면서 여기까지 온 거야. 그리고 지금은 손주뻘 애들이랑 게임하면서 밤새고 매일 웃으면서 살아.
너희 부모님도 다 그래.
처음부터 대단했던 사람 없어. 다들 넘어지고 깨지고 울면서 여기까지 온 거야.
그러니까 부모님 과거가 어땠든 너무 따지지 마. 지금 웃고 있으면 된 거야.
너희도 마찬가지고.

25

멈추지 않기

'고민하고 걱정한다고 해서 앞으로의 상황이 한 치도 달라질 것은 없다.'

이 문장은 나를 가장 오래 위로해준 말이다. 힘든 시간에 허우적 댈 때 위로가 필요했던 순간들이 있었다. 우울하기도 했고 자책하 기도 했고 그러다 화가 나기도 했던 오만 가지 순간들이 있었다. 그때는 그 감정에서 쉽게 헤어나지 못했다. 수심 깊은 바닥에서 며칠이고 허우적거려도 스스로를 어떻게 위로할지 몰라 많은 시 간을 허비했다.

그런 시간들은 매년 연례행사처럼 찾아왔다. 정확히 뭐 때문에 힘 들었는지 일일이 기억할 수 없을 정도로.

특별한 기념일이 아닌 이상 1년 전 오늘, 뭘 먹었는지 기억하는 사 람은 거의 없다. 위로가 필요했던 순간도 마찬가지다. 1년 뒤에는 기억도 못 할 일이다. 그냥 삶의 루틴 중 일부일 뿐이다. 이걸 깨 닫고 나니 생각이 바뀌었다.

힘든 상황에 위로가 필요한 건, 배고플 때 밥이 필요하고 졸릴 때

잠이 필요한 것과 같았다. 필요한 걸 하면 해소되는 간단한 루틴이었다.

상황은 고민한다고 달라지지 않았다. 걱정한다고 앞날이 바뀌지 않았다. 오히려 깊고 깊은 감정에 빠져 위로만 갈구하고 있으면 나의 시간이 멈췄다.

그래서 이렇게 정리했다.

배고프면 밥을 먹는다. 졸리면 잠을 잔다.

힘들면 그저 할 수 있는 것을 한다.

시간을 흐르게 하는 것.

그게 나에게는 위로이자 해결이다.

우울하면 영화를 본다.

심심하면 게임을 한다.

힘들면 뭘 해야 해소되는지, 그건 각자가 찾아야 한다. 중요한 건 하나다. 시간을 멈추지 말 것. 앞으로 흐르게 할 것.

세상 모든 엄마를 대신하여

박근미 여사의 참견

고민한다고 달라지는 거 없다?

엄마가 평생 한 말이잖아.

"생각만 하지 말고 일단 해!"

…… 근데 이렇게 글로 쓰니까 뭔가 있어 보이네.

엄마도 책 한 번 써볼까?

26

흔들려도 나

나무가 좋다. 크고 오래된 나무라면 유독 더 좋다. 제주도나 오래된 시골 마을에 가면 큰 나무들이 하나씩은 있다. 그 곁에만 가도 마음이 안정된다. 오랜 시간 그 한자리에서 모든 어려움을 견디며 서 있는 것만 같아서, 감정이입이 몰아쳐서 그런가 보다.

어떤 추위와 더위에도 나무속은 한결같은 온도로 평온할 것이다. 나무 반대편에서 아무리 뜨거운 무언가를 가져다 대도, 다른 한쪽은 아무런 열도 전달되지 않은 상태다. 아무리 차가운 것들을 붙여놔도 나무 반대쪽은 늘 평온한 온도다. 내가 평생을 되고 싶어하는 안정적이고 여유로운 사람의 모습이다.

어떤 외부 환경에도 내 본연의 모습과 평정심을 유지하는 사람. 하지만 여전히 나는 외부 환경에 자극받고 상황에 따라 감정은 오르락거린다. 평정심이 없다면 매섭고 뜨거운 열기에 나는 금방 뜨거워지고, 옆 사람도 덩달아 뜨겁게 달아오를 거다.

그래서 생각한다. 내가 중립을 지키고 어떤 열기나 한기에도 변하지 않는 나를 갖춘다면. 내가 사랑하는 사람에게 항상 일정한 온도의, 안정적인 사람이 되어줄 수 있을 거라고.

인내하는 사람이 진정으로 여유 있고 멋있는 사람이라고 생각한다. 인내하는 사람은 끊임없이 도전할 수 있다. 냉철하게 결과를 받아들이고 분석할 수 있다. 위로와 의지가 되어줄 수 있다. 포용하고 용서할 수 있다. 그런 아들이 되고 싶다. 그런 남편이 되고 싶다. 그런 아빠가 되고 싶다.

세상 모든 엄마를 대신하여

박근미 여사의 참견

엄마 눈엔 너 벌써 그래 보여. 네가 모를 뿐이지.

근데 하나 말해줄까. 나무도 처음부터 큰 게 아니야. 작을 묘목일 때 바람에 더 많이 흔들렸을 거야. 그러면서 뿌리가 깊어진 거지. 그러니 사람은 얼마나 더 그렇겠어.

흔들려도 괜찮아. 그게 뿌리 내리는 중인 거야.

엄마는 네가 어떤 나무가 되든,

그 그늘 아래 앉아 있을 거야.

떼낼 생각일랑 말아. 알지? ㅋㅋㅋㅋㅋ

27

실패는 데이터다

과학에서 원하는 결과를 찾기 위해 바꿔볼 수 있는 요인들을 '독립변인'이라 한다. 어떤 현상이 벌어졌을 때 그것이 어떤 요인에 의한 것인지, 독립변인을 하나씩 바꿔가며 찾아낼 수 있다.

반대로 말하면, 내가 원하는 결과를 만들기 위해 어떤 독립변인이 결정적 역할을 하는지 찾고, 조건을 바꿔가며 최적화하면 원하는 결과를 낼 수 있다는 뜻이다.

실험실에서는 당연한 이야기다. 원하는 결과가 안 나오면 온도를 바꿔본다. 농도를 바꿔본다. 시간을 바꿔본다. 촉매를 바꿔본다. 하나씩 조건을 바꿔가며 어떤 변수가 결과에 영향을 미치는지 찾아낸다.

인생도 마찬가지 아닐까. 인생이 내 뜻대로 되지 않는 건 이 변수들을 통제하기 어려워서다. 그렇기 때문에 목표한 곳으로 가려면 침착하게, 객관적으로 내 상황을 먼저 관찰해야 한다. 어떤 요인이 결과에 영향을 미치는지 파악하고, 조건을 바꿔가며 데이터를 쌓아야 한다.

나도 그랬다. 영상이 안 되면 편집을 바꿔봤다. 썸네일을 바꿔봤다. 주제를 바꿔봤다. 하나씩 조건을 바꿔가며 어떤 변수가 결과에 영향을 미치는지 찾았다.

실패는 데이터다. 좋은 논문이 나오려면 실패한 데이터가 반드시 있어야 한다. 실패한 데이터가 없으면 내 결과가 얼마나 좋은 건지 증명할 길이 없다. 논문에는 항상 비교군이 있다. 이 조건에서는 안 됐고, 저 조건에서도 안 됐고, 하지만 이 조건에서는 됐다. 실패한 데이터가 있어야 성공한 데이터가 빛난다. 실패한 경험이 있어야 성공한 경험이 값지다.

아인슈타인이 말했다. "같은 일을 반복하면서 다른 결과를 기대하는 것은 미친 짓이다."라고.

매번 똑같은 결과를 보면서 똑같은 노력만 반복하는 건 바보 같은 짓이다. 안 되면 결과에 영향을 미칠 다른 요소가 뭔지 찾아내고 조건을 바꿔가며 실행해야 한다.

당장 원하는 결과가 안 나와도 아쉬워하지 말자. 지금은 필요한 데이터를 쌓고 있는 중이다. 쉽게 결과를 얻은 사람보다 데이터가 많은 사람이 더 단단하게 높은 곳까지 올라갈 수 있다. 겁먹지 말자.

세상 모든 엄마를 대신하여

박근미 여사의 참견

실패가 데이터라고? 그럼 엄마는 데이터 부자네. ㅋㅋㅋ

배움은 언제나 중요하지.

엄마가 인생을 좀 살아보니 인생을 채워야 하더라. 뭐든 채워야 안

보이던 게 보여.

이건 채움의 인생을 살아봐야 아는 거야.

사람이 살면서 모든 걸 경험해볼 수는 없으니까, 인생에는 연습이

없다는 걸 깨달았어.

나도 그 많은 슬픔과 사건들 속에서 연습은 없었어. 다 처음 겪는

일이라 미숙하고 잘 모르고. 신이 아니니까 실수도 하고 실패도 하

고 후회도 해. 그 속에 기쁨도 있고. 이런 게 삶이지.

지금 돌이켜보니 인생은 나에게 채울 수 있는 삶을 살게 해준 것

같아.

인생이 채워진다는 것.

좀 살아본 사람만 누릴 수 있는 특권 아닐까.

²⁸ 골대는 움직인다

나는 성공한 사람이다.

내가 성공한 사람이라고 생각하기로 했기 때문에 성공이다. "10억을 가지면 성공이겠지?" 하던 사람이 10억이 생기면 "30억을 가지면 진짜 성공이겠지?" 할 테고 "100억은 가져야 성공이지!"라고 할 게 뻔하다.

골대는 그렇게 언제나 멀어진다. 그러면 아무리 달려도 닿지 않는다. 골대가 자꾸 움직이기 때문이다. 내가 가까워지면 더 멀리 가 버린다.

스스로 만족이 없다면 죽을 때까지 성공이란 절대 없다.

한 설문조사에서 한국인들 대부분은 성공의 기준을 돈으로 생각하고 서양 사람들은 가족과의 친밀도나 건강 등을 성공의 기준으로 삼았다.

흥미로운 차이다.

맞다. 돈을 성공의 기준으로 삼으면 영원히 성공할 수 없다. 돈 욕심은 정말 끝이 없으니까. 아무리 많이 벌어도 더 많이 번 사람이 있고, 아무리 모아도 더 모은 사람이 있다.

하지만 가족 간의 사랑을 성공의 기준으로 삼으면? 건강을 성공의 기준으로 삼으면?
지금 이 순간에도 성공할 수 있다.

성공이란 내 상황을 객관적으로 보고 만족하고 성공이라고 정의할 수 있는 사람만 가질 수 있는 특권이다. 지금 삶과 환경에 무조건 만족한다는 의미가 아니다. 목표와 기준이 무엇이든 스스로 만족하는 자세를 갖지 못하면 영원히 스스로에게 만족할 수 없고 불행하다는 생각에 갇혀 살아가게 될 뿐이라는 뜻이다.
나도 그랬다. 뭔가 이뤄도 만족하지 못했다. 더 해야 한다고 생각했다. 이 정도로는 부족하다고 생각했다. 그래서 아무리 이뤄도 행복하지 않았다.
'성공'이란 목적하던 바를 이룬다는 뜻. 그 이상 그 이하도 아니다. 오늘 할 일을 다 했으면 오늘은 성공이다.
이번 달 목표를 이뤘으면 이번 달은 성공이다. 차분히 계획 하나하나 이행해나갈 때 우리는 매번 성공한 사람이다.
지금 당장 아프지 않고 두 손 두 발과 무엇이든 도전할 건강한 정신을 가졌다면 우리는 얼마든지 매일 성공할 수 있다.

이제 내 목표는 대한민국 가장의 평범한 바람 중 하나다. 내 집을 갖고 싶다. 온 가족이 모여 살 수 있는 넓은 집. 부모님도 모시고 아이들도 뛰어다니고 명절이면 다 같이 모여 밥 먹을 수 있는 그런 집.

그 목표를 향해 오늘도 한 걸음씩 나아간다.

그리고 그 한 걸음 한 걸음이 모두 성공이다.

세상 모든 엄마를 대신하여

박근미 여사의 참견

나도 '그 집'에서 살고 싶다. ㅎㅎ

나도 그 집에서 살 수 있는 거지? 응? ㅋㅋ

나도 그 집에서 살면서 손주들 뛰어다니는 거 보고 싶어.

그때까지 건강하게 살아야지.

그 집에서 사는 날까지 건강할 거야.

우리 서로 건강하자.

그래야 그 집에서 다 같이 살지.

29
9명이 같아도

언제나 남들과 똑같은 방식이 싫었다. 어릴 땐 헤어스타일도 오만 가지 행색으로 다녔다. 나도 왜 이런 성격을 갖게 됐는지 정확히 모르겠다.

항상 '저거 말고 다른 방법은 없을까?'라는 생각을 먼저 했다. 그리고 다른 방법을 찾아냈다.

대부분의 반응은 냉담했다.

"왜 그렇게 해?"

"굳이?"

시험에는 정답이 있다. 인생의 문제에도 정답이 있는 것처럼 말들을 한다. 정답을 맞히면 칭찬받고 틀리면 혼난다. 점점 정답을 찾는 사람이 돼간다.

스스로의 방식으로 풀 수 있는 기회는 좀처럼 주어지지 않는다. 시간이 걸리더라도 내 방식으로 해보겠다는 말은 통하지 않는다. 효율적으로, 남들처럼, 검증된 방식으로 잘 풀고 있는지만 평가받는다.

나는 늘 다르게 했다. 다른 길을 가려 하면 "왜 굳이?"라는 말을 들었다. 새로운 방법을 시도하려 하면 "그냥 하던 대로 해"라는 말을 들었다.

그래서 알았다.

나를 잃지 않으면서 나만의 색을 유지하는 길은 나를 믿고 고집스럽게 밀고 나가는 것뿐이라는 걸.

100명 중 99명이 같은 답을 해도 나는 그것을 정답이라고 생각하지 않는다. 정답은 언제든 뒤집힐 수 있다. 뉴턴의 물리학은 수백 년간 진리였지만 아인슈타인이 뒤집었다. 천동설은 수천 년간 진리였지만 코페르니쿠스가 뒤집었다.

세상의 모든 '정답'은 잠정적인 것이다. 더 나은 답이 나올 때까지만 정답인 것이다.

나만의 정답은 나만이 알고 있다. 어느 책에서도 주변인에게서도 부모님에게서도 찾을 수 없다. 수십 년간 정설로 여겨왔던 것들도 의문을 가진 단 한 사람에 의해 엎어진다.

세상은 그런 사람들에 의해 발전하고 변한다.

남들과 같은 그저 그만큼의 생각을 하며 살아갈 것인가. 아니면 시도하고 나만의 길을 개척해나갈 것인가. 나는 후자를 택했다.

세상 모든 엄마를 대신하여

박근미 여사의 참견

얘가 지금 무슨 소리 하고 있대.

너는 나를 닮은 거지.

네 인생에 가장 크게 영향을 준 사람은 뭐니 뭐니 해도 애미님이

지!! 나!! 박근미!!

내가 좀 튀는 엄마였잖아! 남들 다 하는 거 안 하고 남들 안 하는

거 하고. 사업도 그랬고 인생도 그랬고.

근데 너도 그렇잖아. 남들 다 가는 길 안 가고 남들 안 가는 길 가

고. 유튜브도 그랬고 인생도 그렇고.

그게 어디서 왔겠어? 엄마한테서 왔지!

그러니까 네가 지금 이렇게 된 건 다 엄마 덕분이야. 알겠지?

30

한결같음

빠른 기간에 성과가 나거나 잘됐다면 자만할 게 아니다. 남들도 할 수 있을 만큼의 가치라는 뜻이니까. 반대로, 뜻대로 되지 않는다면 실망할 이유도 없었다. 그것은 실패가 아니라 남들이 쉽게 따라올 수 없는 위치로 나아가고 있다는 반증이었다.

지금 힘들고 어렵다면 그건 발전할 수 있는 기회다. 나는 그렇게 믿기로 했다.

나는 늘 빠른 성공을 원했다. 빨리 인정받고 빨리 결과를 보고 싶어 했다. 그래서 조급해하고 비교하고 초조해했다.

하지만 너무 쉽게 얻은 것은 너무 쉽게 잃는다. 빠르게 오른 사람은 빠르게 내려올 수 있다. 오래 걸려 쌓은 것은 쉽게 무너지지 않는다.

어려움은 진입장벽이다. 내가 힘들다는 것은 다른 사람들도 힘들다는 뜻이다. 내가 포기하고 싶다는 것은 많은 사람들이 이미 포기했다는 뜻이다.

그래서 지금 내가 겪고 있는 어려움도 실패가 아니라 기회라고 생각했다. 남들이 포기한 그 지점을 넘어서는 순간 나는 남들과 다른 위치에 서게 된다. 오래 걸린다고 조급해할 필요 없다. 변하지 않는 모습을 한결같이 유지하고 버텨서 내가 어떤 사람인지 증명해내는 것. 그게 중요하다.

한결같음.
내가 생각하는 가장 중요한 가치다.
세상은 늘 변한다. 트렌드도 바뀌고 유행도 바뀌고 사람들의 관심도 바뀐다. 그 속에서 흔들리지 않고 나의 본질을 지키는 것. 그것이 한결같음이다.
내가 인스타그램 스토리에 남겼던 말이 있다.
"해는 뜨거나 지지 않았다. 누군가에게 그렇게 관찰되고 있었을 뿐, 보이지 않는 지금 이 밤에도 묵묵히 눈부신 빛을 내고 있다. 누구의 해석에도 미동하지 않는, 그저 단단히 본분을 다하는, 나는 그런 한결같은 사람이런다."

해는 사람들이 보든 안 보든 빛난다. 누가 칭찬하든 비난하든 해는 그저 자기 자리에서 묵묵히 빛을 낸다.
나도 그런 사람이 되고 싶다. 세상이 나를 어떻게 평가하든 나는 그저 내 자리에서 내가 할 일을 한다. 흔들리지 않고 변하지 않고 한결같이.
나도 살면서 뜻대로 되지 않은 굴곡이 많았다. 모든 것을 탓하며 비관적으로 사는 삶을 택할 수도 있었다. 그러나 나는 언제나 긍정하기로 마음먹었고 단 한 번도 내 형태와 모양을 포기한 적이 없다.

긍정은 재능이 아니라 선택이다.

어떤 사람들은 "너는 원래 긍정적이잖아"라고 말한다. 사실이 아니다. 나도 부정적으로 살 수 있었다. 세상을 원망하고 운명을 탓할 수 있었다. 하지만 나는 선택했다. 긍정을 선택했다. 희망을 선택했다. 앞을 보기로 선택했다.

그 선택이 지금의 나를 만들었다.

힘든 생각이 들려고 하거든 그런 생각을 할 여유조차 없을 만큼 바쁘게 지내보는 것도 방법이다. 나는 그랬다. 힘든 마음은 주로 혼자 생각할 시간이 길어질 때 찾아온다. 힘든 시기에는 오히려 움직이는 게 도움이 될 때가 있다. 생각할 틈 없이 움직이다 보면 어느새 그 힘든 시기를 지나와 있는 자신을 발견하게 된다.

그리고 나를 치유하는 시간을 반드시 갖는다.

잘 쉬는 것이 열심히 일하는 것보다 훨씬 어려운 일이다. 많은 사람들이 쉬는 것을 대충 한다. 그저 아무것도 안 하고 누워 있거나 TV를 보거나 핸드폰을 만지작거리거나. 그것은 진짜 쉬는 게 아니다.

진짜 쉬는 것은 나를 회복시키는 것이다. 나를 충전시키는 것이다.

나에게는 게임이 그런 것이다. 누군가에게는 독서일 수도 산책일 수도 요리일 수도 있다. 중요한 것은 그것이 무엇인지 아는 것이다.

그리고 "나중에 시간 나면"이 아니라 지금 시간을 만들어서 하는 것이다. 그것이 나를 지키는 방법이다.

세상 모든 엄마를 대신하여

박근미 여사의 참견

"자신을 속이지 말라" 이 말 알지?

진짜 진리니까 잘 새겨둬.

하늘이 있고 땅이 있는 이유.

남을 속일 수는 있어도 자신을 속일 수는 없는 거야. 자신을 속이지 않는다는 건 내가 한 말에 대한 책임이고 그 책임을 지키다 보면 모든 관계가 올바르게 가. 진짜라니까?

자신과의 약속을 지키는 것.

자신을 속이지 않는 사람이 되는 거.

이렇게 하면 세상이 너를 응원해.

해처럼 살라고?

엄마는 달도 괜찮아. 밤에 빛나는 것도 멋있잖아. ㅋㅋ

31

시간이 증명하는 것

경쟁이 너무 심하다. 그 경쟁이 또 다른 경쟁을 부추긴다. 선의의 경쟁이란 말은 언제 들었는지 가물가물하다. 서로를 적으로 생각하는 지경에 이르렀다. 남 잘되면 배가 아프고 뒤처지지 않기 위해 또 다른 경쟁을 재생산하는 사회가 되었다.

그러다 문득 발견했다. 목적도 없이 그저 경쟁하며 살고 있는 나를.

나는 무엇을 위해 이렇게 치열하게 경쟁하고 있을까? 그 물음에 답할 수가 없었다. 왜 달리는가? 앞사람이 달리니까? 뒷사람이 쫓아오니까? 멈추면 뒤처질 것 같아서? 그렇다면 우리는 어디로 달리고 있는 걸까. 결승선은 어디에 있는 걸까. 아니, 결승선이 존재하기는 할까.

목적지도 모른 채 달리고 이유도 모른 채 경쟁하고 의미도 모른 채 소진되어 가는 삶. 답 없는 하루가 반복되는 초라한 내 모습을 발견했다.

내가 바랐던 것은 무엇이었을까.

내가 원한 것은 대체 무엇이었을까.

이 본질적인 질문을 잊은 채 맹목적인 노력만 하며 살아간다면 결국 자괴감이란 수렁에 빠지게 될 것이다.

'해야 돼서' 어쩔 수 없이 하는 게 아니라 '하고 싶어서 내 선택으로 하는 것'이 되어야 한다. 같은 일을 해도 '해야 해서' 하면 고통이 되고 '하고 싶어서' 하면 즐거움이 된다. 같은 시간을 보내도 '어쩔 수 없이' 보내면 소진되고 '선택해서' 보내면 충만해진다. 그 차이를 만드는 건 외부가 아니라 내부다. 상황이 아니라 태도다.

결과에 너무 초점을 두지 않기로 했다. 오늘 하루 24시간 죽어라 노력해도 크게 달라지는 것은 없다. 그러니 꾸준히 매일 노력하기로 했다. 꾸준하게 하려면 자기 주도적인 일과와 그에 따른 성취감이 반드시 필요하다.

결과는 통제할 수 없지만 과정은 통제할 수 있다. 오늘 내가 무엇을 할지, 어떤 태도로 임할지, 얼마나 집중할지. 그것은 내가 선택할 수 있다. 그 선택들이 쌓여서 언젠가 결과가 된다.

앞으로 AI 시대가 펼쳐진다. 사람들은 점점 더 자기주도적인 생각을 잃게 될지도 모른다. 그 속에서도 나는 스스로 생각하고 결정하는 습관을 잃지 않으려 한다.

금이나 다이아몬드의 가치가 높은 이유는 세월이 지나도 형태를 유지하고 변하지 않기 때문이다. 우리 인간도 마찬가지다. 어떤 외부 환경에도 흔들리지 않고 무너지지 않는 단단한 내면과 끈기가 있다면 언젠가 우리의 가치를 인정받게 되는 날이 올 것이다. 단지 증명의 시간이 필요할 뿐이다.

젊은 커플을 봤을 때 없던 감흥이 손을 잡고 걷는 노부부를 볼 때는 솟아오른다. 오랜 세월 속에서도 변하지 않고 유지된 그 사랑의 가치 때문이다.

세상은 변한다. 트렌드도 바뀌고 유행도 바뀌고 사람들의 관심도 바뀐다. 하지만 그 속에서 변하지 않는 것이 있다면 그건 진짜 가치 있는 것이다.

지금 변하지 않고 있다면 그것은 고집스러운 게 아니라 진짜인 것이다. 시간이 증명해줄 것이다.

세상 모든 엄마를 대신하여

박근미 여사의 참견

여러분~ 자식 기른 대단한 부모 여러분~

그냥 한마디해도 될까요?

옛날에 어른들이 흰머리가 그냥 생기냐고 그게 다 살아온 세월이라고 얘기했었는데 제가 그 나이가 되어보니 흰머리는 그 개수만 큰 삶의 고통을 보여주는 증거 같아요.

우리 모두 자식 기르며 세월 지나왔으니 스스로 행복을 느끼면서
살았으면 좋겠어요.
하루 한 번 행복을 느끼며 살아가는 거죠.
행복은 누가 주는 게 아닌 내 안에 있다는 말을 해주고 싶어요.

해결되지 않는 고민을 갖고 있다면 10년이고 20년이고 갖고 가는
고민이에요.
내일의 숙제는 내일 하는 게 맞듯이 내일의 고민을 오늘 할 필요
없어요. 오늘을 잘 살자!

걱정과 고민이 있다면 내 안에 가두지 말고 밖으로 내보내자.
그래야 건강한 노후를 살 수 있어요.
각자 화병 하나쯤 갖고 있잖아요.
내 안에 가두는 거 그게 병을 키워요.
아프면 아프다! 힘들면 힘들다! 목소리를 키우고 힘껏 말하면 에너
지가 생겨요. 그 에너지의 힘으로 다시 살아가는 거죠.

제가 제일 좋아하는 단어가 바보예요.
바보라는 거는 모든 걸 내 안에 갖고 있는 게 아니라 다 털어놓고
가는 거라서 그 비어짐이 좋다는 거죠.

항상 모자라니까 바보니까 항상 채울 수 있는 공간도 그만큼 여유가 많은 거예요.

늘 바보로 살아가고 싶고 바보 속에서 행복을 찾고 싶어요. 이 시대를 살아가는 부모님들 모두 10년 후도 아프지 않고 지금 그대로의 모습으로 있었으면 바라요.

32

녹화 중입니다

창의성과 진정성.

그리고 실시간으로 녹화되고 있다는 듯이 사는 것. 이것이 내가 지키고 싶은 것들이다.

언제까지 창의성을 유지할 수 있을지는 모르겠다. 나이가 들면 감각이 무뎌진다고들 한다. 익숙한 것에 기대게 되고, 새로운 시도가 두려워진다고 한다. 그래서 더 부단히 노력하고 싶다. 최대한 오래오래, 남들이 하지 않는 나만의 방식으로 일하고 싶다.

튀는 걸 좋아하는 게 아니다. 나만의 색으로 빛나고 싶은 것이다. 무슨 일을 하든 나만의 방식으로, 나만의 차별점을 가지고 유별나고 특별하게. 그런 연장선에서 나에게 창의성이란 곧 나다움이다. 검증된 길을 가면 안전하다. 하지만 수많은 사람들 중 하나가 될 뿐이다. 나만의 색을 갖는다는 건 불편한 일이다. 외롭기도 하고, 틀릴 수도 있고, 이해받지 못할 때도 있다. 그러나 그래야 나로 남을 수 있다.

진정성도 마찬가지다. 난 거짓으로 뭘 하려고 해도 얼굴에 다 티가 난다. 여기저기서 뒷광고 논란이 터지기 훨씬 전부터 나는 게 시물에 광고라는 게 인지될 수 있게 해왔다. 당시에는 그게 당연한 일이 아니었다. 하지만 나는 그게 맞다고 생각했다.

이제 인플루언서에게 진정성은 선택이 아니라 필수다. 거짓은 언젠가 들통난다. 가면은 언젠가 벗겨진다. 그리고 그때 잃는 것은 얻었던 것보다 훨씬 크다. 처음부터 진짜로 살면 들통날 것도 없고 벗겨질 것도 없다.

누군가를 좋아하다가 그 사람에 대해 실망할 일이 생기면, 그만한 배신감도 없다. 좋아했던 만큼 무너진다. 나는 누군가에게 그런 사람이 되고 싶지 않다.

그래서 나는 언제 어디서든 가장 나다운 모습으로, 실시간 녹화되고 있다는 듯이 살고 싶다.

카메라가 없어도 카메라 앞에 있는 것처럼.

아무도 보지 않아도 모두가 보고 있는 것처럼.

그렇게 살면 후회할 일도 없고, 숨길 일도 없다.

세상 모든 엄마를 대신하여

박근미 여사의 참견

우리 아들이 "가면 쓰지 말고 살아라" 이런 멋진 말을 하네.

근데 이 아이가 가면을 쓰면 내가 바로 알아.

눈이 어디로 가는지,

목소리가 어떻게 달라지는지.

엄마는 다 봐.

그러니까 여러분도 부모님 앞에서는 연기하지 마세요. 어차피 다

들켜.

근데 사실 그렇게 살면 편해.

숨길 게 없으니까.

나도 평생 그렇게 살았어.

뒤에서 욕해도 앞에서 한 말이랑 똑같으니까 떳떳하지.

33

고맙다는 말

감사는 말로 하는 것이 아니라 마음으로 느끼는 것이라 했다. 마음으로만 느끼고 말로 하지 않으면 상대방은 영원히 모를 수도 있다고 했다.

그래서 지금 말해놔야겠다.

첫 번째, 자식을 포기하지 않고 부모로서의 의무를 다해주신 것.
쉬운 일이 아니었을 거다. 아빠와 헤어지고 혼자서 두 아들을 키우셨다. 새벽부터 일하러 나가시고 밤늦게 들어오셨다. 피곤하셨을 텐데 내색 안 하셨다. 그냥 묵묵히 우리 곁을 지키셨다.

두 번째, 내가 아플 때면 모든 일정을 뒤로한 채 함께 병원에 가주시는 것.
아무리 바빠도 내가 아프다고 하면 하던 일 다 멈추셨다. "어디가 아파? 병원 가자." 당연한 것 같지만 당연한 게 아니다. 그 당연함이 얼마나 큰 사랑인지, 이제야 안다.

세 번째, 올바른 정신과 육체를 갖도록 혼내주신 것.

솔직히 혼날 때는 싫었다. 왜 나한테만 이러나 싶었다. 근데 지금 보면 그 잔소리 덕분에 여기까지 온 거다. 엄마는 내가 잘못된 길로 가지 않도록 붙잡아주셨다.

네 번째, 추억을 함께 나눌 수 있을 만큼 건강해주신 것.

유방암을 이겨내셨다. 항암 치료 받으시면서도 웃으셨다. 그리고 지금은 나랑 배틀그라운드 하시고 골프 치시고 여행 다니신다. 함께 웃을 수 있는 시간이 있다는 것. 그게 얼마나 큰 선물인지.

다섯 번째, 친구처럼 언제나 내 편에서 고민을 들어주시고 함께 떠들어주시는 것.

엄마한테는 다 말할 수 있다. 힘든 것도, 창피한 것도, 누구한테도 못 하는 것도, 판단하지 않고 그냥 들어주신다. 그리고 결국엔 내 편이 되어주신다. 그런 사람이 있다는 것. 그게 얼마나 든든한지.

세상 모든 엄마를 대신하여

박근미 여사의 참견

나도 지금 말해둘래.

첫 번째는 본분을 다해준 거야.

너는 뭐든 스스로 했잖아. 아빠도 학교 가고 말 안 해도 숙제 척척 해가고. 엄마가 일하느라 신경도 못 써줬는데 졸업도 잘하고 대학도 다니고. 너희는 정말 멋진 놈들이야. 그래서 그걸 생각하면 부모는 너무 고마워.

두 번째는 잘 이겨내준 거야.

사람은 누구나 힘든 때가 있잖아. 그 시간을 어떻게 버티느냐가 중요한데, 너는 부모 원망 없이 잘 견뎌줬어. 어두운 터널을 스스로 뚫고 나갔지. 그게 너무 고마워.

세 번째는 곁에 있어준 거야.

엄마가 많이 아팠잖아. 머리카락이 다 빠지니까 그냥 싹 밀고 당당해 보이려고 애썼지. 그렇게 해도 몸이 아프니까 마음도 아프더라. 그때 너는 묵묵히 자기 일 다 하면서 엄마 옆을 지켜줬어. 그 덕에 엄마는 또 한 번 인생을 배웠지. 다 너 덕분이야. 부모를 일으키는 힘은 언제나 자식이니까.

네 번째는 엄마를 안아주는 사람이라는 거야.

듬직한 아들이 안아주니까 너무 좋아. 그럴 때면 엄마 마음속 상처들이 다 녹는 느낌이야. 정말 따뜻해. 다른 자식들도 꼭 부모를 안아주면 좋겠어. 그 품이 너무 따뜻해서 부모들은 거기서 에너지를 다 얻거든.

다섯 번째는 네 마음이야.

너는 "싫어"라는 말을 안 하잖아. 엄마가 원하는 걸 말하면 싫은 내색 없이 바로 나서주는 자식이지. 쇼핑 갈 때도 마찬가지야. 아들내미가 쇼핑이 뭐가 좋겠어. 그냥 엄마 따라가주는 거지. 딸 같은 아들이야, 정말.

그리고 엄마가 억지 부려도 다 받아주잖아. 예전엔 "엄마, 그건 아니에요" 했는데 이젠 그냥 다 받아줘. 엄마가 세 번쯤 우기면 결국 엄마 생각대로 해주잖아. 그럴때면 고맙기도 하고 미안하기도 해.

이유를 썼지만, 사실 그냥 모두 네가 다 고마워. 부모는 원래 그래. 정말 다.

4장

함께 걸어온 길

34

사랑의 언어

나는 오랫동안 사랑에는 조건이 없어야 한다고 믿었다. 바라는 것 없이 누군가를 온전히 받아들이는 것.

힘들 때는 은은한 촛불처럼 곁을 지켜주고 기쁠 때는 함께 빛나주는 것.

상대의 기쁨이 내 기쁨이 되고 상대의 슬픔이 내 슬픔이 되는 것.

그렇게 배웠고 그렇게 믿었다. 하지만 세상에는 조건 없는 사랑만큼이나 기대가 무겁게 실린 사랑도 있다는 걸 나는 어머니를 통해 배웠다.

"1등 했어? 잘했네."

"아, 2등이야? 아쉽다."

"그랬어? 넌 더 잘할 수 있는 앤데."

격려였다. 분명 격려였다. 하지만 그 말들 속에는 늘 '지금의 너로는 부족해'라는 그림자가 함께 서 있었다. 부모라면 당연히 자식이 잘되기를 바란다. 그 마음을 모르는 건 아니다. 하지만 어린 나에게 그 바람은 사랑이 아니라 숙제처럼 느껴졌다. "네가 이만큼

하면 나는 너를 사랑할게." 그런 메시지로 들렸다.

우리는 모두 알고 있다. 사랑받기 위해 무언가를 증명해야 한다는 기분이 얼마나 외로운지. 있는 그대로의 내가 아니라 무언가를 해낸 나만 가치 있다고 느껴지는 그 공허함을.

"1점은 왜 못 받았어? 100점 맞을 수 있었잖아."

그 순간 내가 해낸 99는 사라지고 못 해낸 1만 남았다. 그 한마디가 나를 얼마나 작게 만들었는지, "그래도 괜찮아"라는 말이 듣고 싶었다. 아무것도 증명하지 않아도 사랑받을 수 있다는 확인. 그게 전부였다.

그렇게 나는 학창 시절 내내 '충분하지 않음'을 배웠다. 아무리 해도 부족하다는 것. 아무리 잘해도 더 잘할 수 있다는 것. 지금의 나로는 사랑받기에 모자란다는 것.

학창 시절은 원래 틀려도 괜찮은 시간이어야 한다. 넘어지고 다시 일어서며 배우는 시기여야 한다. 그런데 나에게 학창 시절은 끊임없이 증명해야 하는 시험장이었다.

우리 세대의 많은 이들이 나와 같지 않을까. 부모의 사랑이라는 이름 아래 끝없는 채찍질을 받으며 자라지 않았을까. "너를 위해서"라는 말 뒤에 숨은 조건들 때문에 사랑받는다는 확신보다 부족하다는 자책을 더 많이 배우지 않았을까.

그렇게 우리는 자랐다. 사랑받기 위해 무언가를 해내야 하는 아이로.

그런데 어느 순간 느껴졌다. 엄마를 원망했던 내가 사실은 더 야속했다는 걸. 내가 생각하는 사랑과 부모가 생각하는 사랑이 달랐을 뿐이었다. 부모는 나름의 방식으로 나를 사랑하고 계셨던 것이다. 부모로서 자식이 잘되기를 바라는 것은 본능이다. 그것은 욕심이 아니라 간절함이다. 기대보다는 두려움에 가깝다. 자식이 세상에 나가 다칠까봐, 실패할까봐, 아플까봐. 그래서 미리 단단하게 만들고 싶었던 것이다.

"1점은 왜 못 받았어?"

어쩌면 그 말 속에는 "세상은 1점도 용서하지 않아"라는 어머니의 불안이 숨어 있었을 것이다. 나중에 내가 더 힘들어질까봐. 그 염려가 서툰 말로 나온 것뿐이었을지도 모른다.

엄마는 엄마의 방식으로 사랑을 주고 나는 나의 방식으로 사랑을 원했다. 문제는 사랑의 형태가 아니었다. 서로 다른 언어를 쓰고 있다는 걸 몰랐던 것이 문제였다.

그 사랑이 어떤 모양인지 알고 나니 비로소 그 사랑을 담을 수 있는 그릇을 만들 수 있었다. 여전히 나는 조건 없는 사랑이 아름답다고 믿는다. 하지만 이제는 안다. 사랑을 주는 것만큼 받는 법도 중요하다는 걸.

"이 사람은 왜 이런 방식으로 나를 사랑할까? 이 말 속에 어떤 마음이 숨어 있을까?"

그걸 묻기 시작하면서 조금씩 보이기 시작했다. 서로 다른 언어로 사랑을 말하던 우리가, 이제는 조금씩 서로의 말을 배워가고 있다. 서툴고 어긋나도, 계속 맞춰가려 애쓰는 것.

그게 사랑인 것 같다.

세상 모든 엄마를 대신하여

박근미 여사의 참견

애미가 생각하는 사랑은 아들내미랑 달라.

내가 생각하는 사랑은 '떨림'이야.

아파도 떨리고, 잘돼도 떨리고, 잘못돼도 떨린다. 네 일이 곧 내 일이 되는 그 울렁거림.

나는 너를 기르며 그런 게 사랑이 돼버린 것 같아. 그리고 또 하나.

엄마로서 느끼는 사랑은 그저 '네가 아프지 않는 거야.' 자식이 아프지 않게 지켜주는 것.

그게 내가 너를 통해 알게 된, 모든 엄마들이 아는 사랑이야.

35

거기까지가 끝이라도

어머니 가게가 어려워졌던 그때, 나는 내 목표를 접었다. 스스로 의지를 굽힌 게 아니어도 내 관점으로는 명백한 실패였다. 앞으로도 계속 이어갈 수 있는 연구들이 있었지만 중단해야 했다. 근데 그게 실패가 아니면 뭐겠나.

드라마에서 누가 환경 때문에 꿈을 포기하는 장면만 나와도 전부 내 얘기 같았다. 세상에 그 많고 많은 가치 중에 하필 돈 때문에 꿈을 이어갈 수 없다니. 상실감, 패배감, 좌절감. 별별 감정이 다 밀려왔다.

누구나 마음속에 그려놓은 그림이 있다.

이 나이쯤 되면 이 정도는 되어 있겠지.

여기까지 버티면 이런 모습으로 살고 있겠지.

막연하지만 선명한 그림.

그 그림과 맞지 않는 현실을 마주할 때, 사람은 참 막막해진다.

실력이 부족하면 더 갈고닦으면 된다. 그건 그래도 길이 보인다.

그런데 내 의지와 상관없이 상황이 나를 밀어내버리면, 그건 정말 어쩔 도리가 없다. 발버둥 쳐도 소용없는 순간이 있다.

열심히 안 했으면 차라리 덜 아프다. 대충 했으면 미련도 금방 잊힌다. 그런데 진심으로 최선을 다했을 때, 그 억울함은 말로 설명이 안 된다. 누가 꿈을 접었다는 얘기만 해도 괜히 목이 멘다. 근데 어쩌겠는가. 힘들어한다고 바뀌는 건 아무것도 없는데.

그런데 참 웃긴 일이다. 최선을 다했기 때문에 실패를 인정하기 어려웠는데, 또 최선을 다했기 때문에 후회는 없었다. 앞뒤가 안 맞는 것 같은데 진짜 그랬다. 내가 할 수 있는 건 전부 해봤으니까. 그 시간만큼은 누구도 지워버릴 수 없다.

시간이 좀 흐르고 나서야 알게 된 게 있다. 최선을 다한 사람에게는 묘한 믿음이 생긴다는 것. 여기서 이만큼 버텼으니까, 다른 데서도 뭔가 되지 않을까 하는. 어느 한 곳에서 끝까지 가본 경험, 딱 그 하나가 무기가 된다.

막다른 골목인 줄 알았는데 옆에 작은 문이 하나 보인다. 그 문은 아무나 보이는 게 아니다. 끝까지 가본 사람한테만 보인다.

실패 자체가 두려운 게 아닌 것 같다. 최선을 다하지 못한 채 끝나버리는 것. 그게 진짜 두려운 거다.

세상 모든 엄마를 대신하여

박근미 여사의 참견

선호야.

지금 생각하니까 또 마음이 아프다.

엄마는 그게 아직도 미안해. 진짜 미안해.

네가 원망 한마디 안 했잖아. 그게 엄마한테는 더 아팠어.

차라리 원망했으면 엄마도 덜 무거웠을 텐데.

세상에 자식 때문에 뭔가 포기하는 건 당연해도, 부모 때문에, 가정 환경 때문에 포기하는 건 언제 들어도 가슴에 사무치지.

근데 있잖아, 네가 쓴 거 보니까 엄마가 조금은 위로가 돼. 최선을 다했으니까 후회는 없다고.

끝까지 가봤으니까 다음이 보인다고.

그 말, 엄마한테도 해당되는 것 같아서.

엄마도 그때 최선이었어. 결과는 안 좋았지만.

우리 둘 다 최선이었던 거지, 그치?

그러니까 이제 그만 다 내려놓을게.

진짜 니가 원하는 것도 그거인 걸 아니까.

36

숨기지 않았다

나는 남 시선 때문에 본래의 나를 숨기는 타입이 아니다. 혹시 그런 상황에 놓여 있는 사람이라면 아마 다른 사람과 자신이 조금 달라서거나 그 다름을 보는 시선이 불편해서일 거다. 그런데 가만 생각해보면 그런 시선을 보내는 쪽이 이상한 거다.

초등학교 때 꿈이 과학자였던 만큼 나는 괴짜 같은 생각을 진짜 많이 했다. 초등학교 1학년 때 머리 한쪽만 길게 기르고 염색까지 해서 학교에 갔더니, 반 아이들이 나를 교실 구석에 몰아넣고 실로폰으로 머리를 때렸다. 왕따였다.

그때도 나는 아무리 괴롭힘을 당해도 기죽거나 머리 스타일을 바꾸지 않았다. 나는 그냥 그 애들보다 좀 더 기발하고 독특한 생각을 가졌을 뿐이라고 생각했다.

지금도 그 생각엔 변함이 없다.

요즘은 점점 개성이 중요한 시대가 되고 있다. 남들과 다른 결을 가진 사람이 오히려 부러운 사람이 되는 시대. '난 왜 아직 나만의 색깔이 없지?' 하고 고민하는 사람도 많다.

그래서 나는 절대 숨기지 않았다.

남들과 다르다고 부끄러워하지 않았다.

내 생각에 자신감을 갖는 건 정말 중요하다. 내 인생을 내 의지와 계획대로 살고 있다는 느낌, 그것만으로도 자존감은 단단해진다.

반대로 남 시선 때문에 내 생각을 바꾸고 눈치 보며 살면, 그 자존감은 점점 땅속으로 꺼진다. 결국 자신을 미워하게 된다.

다르다는 건 특별하다는 거다. 특별하다는 건 아무나 도달할 수 없다는 거다. 그건 숨길 이유가 아니라, 당당해야 할 이유다.

세상 모든 엄마를 대신하여

박근미 여사의 참견

어릴 때 좀 튄다고 혼났던 사람들, 많을 거야.

머리 이상하게 자르고 이상한 옷 입고 이상한 말 하고.

그때 주변 어른들이 뭐랬나.

"왜 너만 그래?"

"좀 평범하게 살아라."

근데 가만 보면, 그렇게 튀던 애들이 나중에 꽤 재밌게 살드라.

자기 길 가는 사람이 되어 있드라.

그러니까 지금 좀 튄다고 주눅 들지 마라.

튀는 거, 어릴 때만 욕먹는 거지.

버티면 곧 어른이 된다.

중요한 건 그게 나중엔 무기가 된다는 거지.

37

어떤 사람은 보내야 한다

내가 인간관계에서 칼같이 연락처를 정리하고 끊어낸 사람들이 있다. 굳이 부류로 묶으면 본인 필요할 때만 연락하는 사람이다. 그런데 이제 와 돌이켜보니 꼭 그래야 했나 싶다. 상대가 필요할 때만 연락하는 사람이라면 나도 필요할 때만 찾으면 된다. 딱 그 정도의 사이로 두면 그만이다.

하지만 반드시 인생에서 끊어내야 할 부류들은 있다. 돈을 자주 빌리거나, 빌려놓고 갚지 않는 사람. 거짓말을 아무렇지 않게 하는 사람. 정직하게 돈을 벌지 않는 사람. 타인에게 보여지는 것에 강박이 있는 사람. 말할 때마다 무언가와 비교하는 사람. 자신보다 잘난 사람은 위, 못난 사람은 아래라고 생각하며 무시하는 사람. 겉만 보고 판단하는 사람.

나도 끊어내야 할 부류에 속하고 있지는 않은지, 단단히 살피면서 살아야겠다.

끊기에 아쉬우면 붙잡는 거고

끊어도 아쉽지 않다면 끊어지는 거다.

어렵게 생각할 필요 없다.

세상 모든 엄마를 대신하여

박근미 여사의 참견

살다 보면 알아.

모든 관계를 똑같이 대할 필요 없어.

상대가 나한테 들이는 만큼만 나도 딱 그만큼. 그게 서로 편한 거야.

진짜 끊어야 할 사람? 그래, 그런 사람은 끊어.

근데 끊기 전에 한 번만 생각해. 인연이란 게 그래. 붙잡는다고 붙잡아지는 것도 아니고 끊는다고 끊어지는 것도 아니야.

엄마는 이제 좀 알아.

서로의 감정을 지키는 게 관계를 지키는 거더라.

내 마음만큼 상대도 나한테 마음을 주면 좋겠지. 근데 안 그런 사람도 있어.

그러면 그냥 그 정도의 사이인 거야.

억지로 더 가까워지려고 애쓰지 마.

정 안 맞으면 멀리 두면 돼. 미워하지 말고.

³⁸ 대세와 정답

AI 시대가 본격적으로 열리면 사람들은 점점 스스로 생각하고 판단하는 힘을 잃게 될 거라는 생각이 든다. ChatGPT나 Gemini 같은 AI에게 물어보면 그럴듯한 답이 나온다. 편리하니까 그대로 따르게 된다. 나도 그렇다.

그런데 이 AI들이 답을 내놓는 원리를 알고 나니 좀 달리 보이기 시작했다. 수많은 데이터를 학습해서 가장 확률 높은 답을 내놓는 거다. 쉽게 말하면 대세를 말해주는 거다. 정답이 아니라.

이 생각이 머릿속에 박히고 나니 많은 것들이 달라 보였다. 그동안 나는 정답을 찾으려고 너무 애썼던 것 같다. 이게 맞는 길인지 저게 맞는 길인지 끊임없이 비교하고 불안해했다. 남들이 가는 길을 보면서 나만 뒤처지는 건 아닌지 조바심을 냈다.

요즘 알고리즘 때문인지 사람들이 점점 극단적으로 나뉘는 것 같다. '내 말만 맞다'고 우기는 사람들이 많아졌다. 서로 헐뜯고 비난하고 상대 말에 귀 기울일 생각이 없어 보인다. 나도 한때 그랬다. 내 방식만 옳다고 믿었고 다른 의견은 틀린 거라고 생각했다.

무지개가 아름다운 이유는 모든 색이 함께 있기 때문이다. 빨간색만 있으면 무지개가 아니다. 내 말이 맞으면 상대방 말도 맞을 수 있다. 다양한 정답이 존재한다.

한동안 정답을 찾느라 지쳤다. 이 길이 맞나 저 길이 맞나 계속 헤맸다. 그러다 깨달았다. 정답은 애초에 없었다. 내가 잘하는 방식대로 내 상황에 맞춰 최선을 다하면 그게 내 정답이었다.

누군가 나에게 물었다. 어떻게 해야 성공하냐고. 나도 모른다. 다만 남의 정답을 따라가느라 내 길을 잃어버리면 안 된다는 건 안다. 대세가 곧 정답은 아니니까.

세상 모든 엄마를 대신하여

박근미 여사의 참견

ChatGPT에게 물어봤어.

너 김치찌개 맛있게 끓이는 법 알어?

그랬더니 막 줄줄줄 써주는 거야.

근데 읽어보니까 그냥 뻔한 소리야.

결국은 김치를 볶고 고기를 넣고 물을 넣으란 거지.

그렇게 자세하게 알려준다고 그 맛이 나냐!!

웃기고 있네.

김치찌개도 집집마다 다 다르거든?

우리 엄마 김치찌개랑 내 김치찌개랑 달라. 왜? 김치 손맛이 다르

거든.

너 그거까지 레시피 대봐!! 대보라고!!

(형, 왜 나 싸울 기세가 되지? ㅋㅋㅋㅋㅋㅋ

아들편 들라고 그러나? ㅋㅋㅋ)

39

내 편이 되어주는 사람

과거에 묶여 있지 않은 사람이었으면 좋겠다.

현실의 상황이나 감정에 휘둘리기보다는 미래에 조금 더 시선을 두고 지혜롭게 계획을 세워가는 사람. 큰 그림을 볼 줄 알아서 당장의 손해에 일희일비하기보다는 인내와 참을성을 가지고 함께 응원하며 힘이 되어주는 사람.

정신이 건강한 사람이었으면 좋겠다.

각자의 시간을 통해 자신을 꾸준히 개발해나가는 사람.

함께 있으면 나도 모르게 배우게 되는 사람.

서로의 성장을 자극하고 서로의 발전을 기뻐해줄 수 있는 사람.

내가 하는 일을 이해하고 존중해주는 사람이었으면 좋겠다.

지금 하는 일뿐 아니라 앞으로 어떤 풍파가 와도 높은 자존감과 배려심으로 항상 내가 하는 일을 지지해주는 사람.

"왜 그런 걸 해?"가 아니라 "네가 하는 거니까 응원해!"라고 말해주는 사람.

어떤 일을 시작할지 어떤 길을 갈지 어떤 도전을 할지, 그 순간마다 옆에서 "그거 되겠어?" "그냥 안정적인 거 해!"라고 말하는 사람이 있다면 우리 날개는 접힐 수밖에 없다.

"너라면 할 수 있어. 내가 옆에서 응원할게"라고 말해주는 사람이 있다면 우리는 더 멀리 날 수 있다.

집에 돌아왔을 때 편안함이 있어야 다음 날 다시 세상과 싸울 힘이 생긴다. 집이 전쟁터라면 바깥 전쟁에서 이길 수 없다.

배우자란 단순히 함께 사는 사람이 아니다. 내가 세상에서 싸우고 돌아왔을 때 상처를 치유해주는 사람이다. 다시 일어설 힘을 주는 사람이다.

내가 원하는 모든 조건을 갖춘 사람을 찾는 건 욕심이라고들 한다. 그런데 나는 그런 사람을 만났다.

내가 어떤 사람을 원하는지 명확히 알고 있었기 때문에 그 사람을 알아볼 수 있었다. 내가 어떤 삶을 살고 싶은지 분명했기 때문에 그 삶을 함께할 사람을 찾을 수 있었다.

사랑은 운명이 아니라 선택이다. 그 선택을 제대로 하기 위해서는 먼저 내가 누구인지 무엇을 원하는지 알아야 한다.

세상 모든 엄마를 대신하여

박근미 여사의 참견

그래, 네 아내가, 내 며느리가 그런 사람 맞지.

인생은 한 장의 그림과도 같은 거야.

그 그림을 완성해가는 건 바로 자기 자신의 몫이지. 어떤 색을 쓸지 어

떤 붓질을 할지 어디에 빛을 넣을지. 모두 네가 결정하는 거야.

그런데 혼자 그리는 그림보다 둘이 그리는 그림이 더 아름다울 때

가 있어. 서로 다른 색을 가진 두 사람이 만나서 서로의 색을 섞고

서로의 빈자리를 채워가면서 완성하는 그림.

그게 바로 가정이고 그게 바로 부부야.

자식이 자기 좋은 사람 만나서 좋은 그림 그려가면 세상 모든 엄마

는 그저 감사할 뿐이야.

40

자식의 바람

첫째, 통제하려 들지 않았으면 좋겠다.

이미 내 템포대로 내 스타일대로 나의 길을 잘 다듬으며 나아가고 있다.

내 인생은 부모가 살아주는 것이 아니다.

앞으로 내가 살아가야 할 내 인생길이다.

자식 스스로 해나갈 기회를 주지 않은 채 매번 통제하고 대신하고 도움을 주고자 한다면 그것은 자식을 망치는 길이라고 단언할 수 있다.

자식에게서 경험을, 발전할 기회를 빼앗아가는 것이다.

넘어져야 일어서는 법을 배운다. 실패해야 성공하는 법을 배운다.

상처받아야 치유하는 법을 배운다.

부모가 모든 것을 막아주면 자식은 아무것도 배우지 못한다.

인생의 주체는 자식 스스로다.

둘째, 자식의 방식을 이해해주는 것, 사고방식도 대화방식도 모두 다르다는 것을 인지해주는 것이다.

부모와 자식은 가장 가까운 사이면서 동시에 가장 다른 사람이다. 서로를 잘 아는 것 같지만 정작 잘 모르는 사이다. 그야말로 신비한 관계다.

부모 자식 사이의 갈등은 이 차이를 조금만 인지하고 서로의 교집합을 조금만 더 넓게 공유한다면 분명 아무것도 아닐 사소한 것들이다. 이 차이를 받아들이지 못해서 서로에게 상처를 주고 다투는 일이 생긴다.

우리 모자 사이도 종종 트러블이 생긴다. 그럴 때 하는 단골 멘트가 있다.

"니가 나중에 자식 낳고 내 입장이 되어 봐라."

정말 답답하게만 느껴지는 고구마 멘트다.

아니, 나는 아직 자식이 없는데?

지금 당장 현재의 문제를 해결하는 데 전혀 도움되지 않는 발언이다.

'너는 자식이 없어서 지금 이해가 안 되나 본데, 내 말이 맞거든!'이라는 억지다. 이런 식의 대화는 끝나지 않는 메아리고 감정의 골만 깊어지는 레퍼토리다.

어떤 관계든 동등해야 건강하고 오래 지속된다. 친구든 형제자매든 부모자식이든.

부디 자식에게 강요하는 이해와 양보만큼 딱 그만큼만 함께 내려놓으셨으면 좋겠다.

자신의 처우와 입장만 고수하지 않고 자식은 나와 다름을 받아들이고 자식만큼은 함께 이해하려고 노력하고 개선하려는 의지의 부모님이 돼주십사…… 부탁을 드리는 바다.

세상 모든 엄마를 대신하여

박근미 여사의 참견

알아, 알아. 너무 간섭한 거.

근데 엄마들이 왜 그러는지 알아?

무서워서 그래. 자식이 다칠까봐, 힘들까봐, 잘못될까봐.

그 마음이 앞서서 자꾸 손이 가는 거야.

근데 네 말도 맞아. 지켜보는 것도 사랑이지.

엄마도 연습할게.

놓는 거. 쉽진 않겠지만.

너도 조금만 기다려줘. 엄마도 배우는 중이니까.

41

결국 나였다

흔히 말하는 '남탓충'처럼 살던 시절이 있었다. 지금 돌이켜보면 너무나 민망하고 한심한 모습이다. 그때의 나는 부모 탓, 친구를 잘못 둔 탓, 환경 탓, 실수 탓, 운 탓. 가져다 붙일 수 있는 온갖 탓을 만들어냈다. 그래야 내 마음이 편하다고 생각했다.

그렇게 모든 종류의 탓을 하던 중, 어느 날 내 안에 미움이란 감정만 가득 차 있는 나를 발견했다. '탓'이 '미움'으로 변이된 것이다.

뜻대로 되지 않을 때마다 이제 탓이 아니라 더 직격탄으로 부모를, 친구를, 환경을 점점 더 미워하고 있었다. 아차 싶었다. 이러다 사회부적응자가 되겠구나 싶었다.

그제야 보였다. 내가 탓해왔던 모든 결과의 원인은 항상 나에게 있었다. 누가 일방적으로 범죄나 괴롭힘을 저지른 게 아니라면, 99%의 이유는 나한테서 찾을 수 있었다.

이걸 모르고 오랫동안 살아온 것이 후회된다. 조금 더 빨리 나 스스로를 바라볼 줄 알았더라면 더 멋진 사람이 되어 있었을 텐데.

녹음된 내 목소리를 처음 들었을 때 얼마나 어색한가. 나도 그랬

다. 보이는 것에만 의존하며 살았다. 스스로를 들여다볼 생각을
안 했다. 원래, 항상, 늘 살아오던 방식대로 살기 때문에, 내 방식
에 이질감을 느끼기란 쉽지 않다.

나는 그래서 제3의 눈을 키우려고 했다. 별거 없다. 평소에 나를
자세히 보는 것. 가까운 사람들이 나에 대해 하는 말에 귀 기울이
는 것. 그 말들 속에 내가 있었다.

세상 모든 엄마를 대신하여

박근미 여사의 참견

날 탓 하던 시절?

엄마한테도 많이 했지. 기억 안 나?

……

기억 안 나면 됐어.

근데 맞아. 탓하면 미움이 돼. 미움이 쌓이면 병 돼. 그러니까 탓하

지 마.

아프니까…….

⁴² 어제보다 조금 나은 오늘

세상보다 나의 기준이 더 엄격했던 것 같다. 내 노력은 그 높디높은 기준에 한참 못 미치는 결과를 가져올 때가 많았고 그때마다 나는 좌절감과 무기력에 빠졌다.

스스로 납득하는 수준에 도달해야만 자기만족은 물론 세상에 나를 내비쳐도 떳떳할 것 같았다. 그래서 철저히 큰 틀에 맞는 나를 만들기 위해 점점 스스로를 옥죄어갔다. 꿈과 목표를 크게 갖는 것은 좋지만 도착점에서 출발선의 나를 내려다보며 뛰는 건 잘못된 방식이었다.

그 지점에서 나를 내려다보면 나는 언제나 한없이 작고 부족해 보였다. 아무리 달려도 제자리인 것 같았고 애쓸수록 초라해지는 기분이었다.

어떤 성과를 달성했고 얼마큼 도달했는지를 재는 건 능률적일 수 있지만 탄탄한 무언가를 만들기엔 오히려 독이 된다. 우리에겐 '빨리빨리'가 하나의 문화로 자리 잡았다. 빠르게 올라간 경사 높은 산은 그만큼 위험하다.

공든 탑은 쉽게 무너지지 않지만 급하게 쌓은 탑은 언제 무너져도 이상하지 않다. 나 자신을 대하는 방식도 마찬가지였다. 빨리 성장하고 싶어서 자꾸 채찍질했는데 돌아보니 상처만 늘어 있었다.

이제는 '기준'보다 '방향'에 집중해야 할 때가 아닐까. 기준에 초점을 두면 자꾸 먼 미래와 거창한 계획을 붙잡게 되고 그럴수록 좌절감과 실패감이 쌓이며 자존감은 바닥을 친다. 모든 의욕을 잃게 만드는 건 실패 그 자체가 아니라 내가 세운 기준에 닿지 못했다는 자괴감이다. 실패해도 괜찮다. 방향만 맞다면.

오늘 무엇을 해냈는지보다 오늘 한 행동과 결정들이 최선이었는지를 돌아본다. 스스로 플레이어가 되고 스스로 감독이 되는 거다. 경기가 끝나면 감독이 선수의 플레이를 리뷰하듯 오늘 하루의 나를 살펴본다. 불필요한 동작은 없었는지 더 나은 선택이 있었는지 점검하고 내일의 나에게 피드백을 준다. 아주 간단하다.

꿈과 목표에 있어서만큼은 그저 내 앞에 주어진 단 하루에 맡긴다. 오히려 그게 잡생각을 줄이고 실행력을 높여주는 것 같다. 하루를 열심히 살다 보면 어디든 가게 되어 있다는 걸 믿는다.

오늘 하려고 했는데 못한 게 있다면 내일 하면 된다. 오늘 한 것들에 최선을 다했다면 그걸로 충분하다. 하루를 돌이켜봤을 때 할 수 있었는데 안 한 게 있다면 내일의 나에게 피드백을 주면 된다. 그렇게 매일 하루하루를 감독으로 살다 보면 최선이 아니었던 날이 있다. 그때 스스로의 부족함을 인정하고 내일 1퍼센트만 나아가면 된다.

완벽한 하루는 애초에 없다. 어제보다 조금 나은 오늘은 있다. 그 조금이 쌓이면 언젠가 내가 나를 인정하게 되는 날이 올 거라고 나는 그렇게 믿는다.

세상 모든 엄마를 대신하여

박근미 여사의 참견

> 뭐 각자 사는 방식이 있는 거겠지.
> 나는 그냥 오늘 무사하면 잘한 거라고 생각하는 사람이고, 선호는
> 오늘을 내일의 재료로 쓰는 사람인 거고.
>
> 둘 다 틀린 건 아닌 것 같아.

43

놓지 못하는 마음

미련은 사람을 눈 멀게 한다. 아니, 눈이 먼 정도가 아니다. 평소의 나라면 절대 하지 않을 행동을 하게 만든다. 이미 포장이 끝난 음식에 조미료를 뿌리는 꼴이랄까. 아무리 뿌려봤자 맛이 바뀔 리 없는데 미련이 차오르면 그 당연한 상식조차 분간하지 못한다. 나도 그랬다. 바보처럼 얼마나 많은 미련을 숱한 포장지 위에 뿌렸는지 모른다.

가장 사랑하는 사람이 되기까지는 오랜 시간이 걸렸다. 그런데 아무 사이도 아닌 게 되는 데는 별다른 노력이 필요 없었다. 공들였던 시간이 무색하게.

제아무리 나이스하다고 평판이 나 있어도 소용없다. 미련이 올라오면 누구든 결과를 인정하지 못하고 주위를 맴도는 날파리가 된다. 미련은 꽉 움켜쥐고 사람을 과거에 꽁꽁 묶어놓는다.

이 감정에 끌려다니면 몽환적인 상태에 빠진다. 현실을 인정하지 못하는 상태. 남녀 사이에서 이 미련이 들이닥치면 옛 연인은 진상이 된다. 매우, 아주, 극도로, 굉장히 위험한 상태.

이런 과거는 앞으로 만날 새로운 인연에게도 심각한 결례다. 과거에 마음 일부라도 걸쳐놓고 있다면 지금 사람과 온전히 나아갈 수 없다.

한 가지 뼈저리게 배운 게 있다. 사람을 사람으로 잊으려 했던 적이 있다. 사람을 사람으로 치유받으려 했던 적도. 결과는 참담했다.

다시 돌아와서 내 뼈아픈 경험으로 이 미련이라는 감정을 곱씹어봤다.

결론은 이랬다. 미련은 최선을 다하지 못했을 때 따라온다. 후회와 크게 다르지 않았다.

최선을 다해 사랑하는 것. 그리고 오로지 대화.

이걸 깨닫고 나서야 내가 왜 그토록 미련이 남았는지 알게 됐다.

사랑뿐 아니라 모든 일이 그렇다. 그래서 잘 살아야겠다. 오늘도 내일도 최선을 다해 사랑하고 대화하고 미련 없이 미래를 받아들일 그릇이 되어보련다.

세상 모든 엄마를 대신하여

박근미 여사의 참견

나도 알아, 그 감정.

근데 선호 말이 맞아. 최선을 다하면 미련이 안 남아.

엄마가 하나 보태면, 미련은 상대한테 남는 게 아니야. 최선을 다하지 못한 나한테 남는 거야.

그리고 사람으로 사람 잊으려 하지 말라고 했지?

그거 진짜야.

엄마도 그렇게 해서 더 꼬인 적 있어. 엄마가 인기가 워낙 많잖……ㅎㅎㅎ;;;;;

나한테 떳떳하게 살자.

그게 미련 안 남기는 법이야.

44

운전대를 붙잡는다

성공이란 결국 목적지와 같다. 그래서 성공에 집중할수록 오히려 멀게 느껴진다. 네비게이션에 목적지를 찍고 어딘가 놀러 갈 때, 갈 때는 멀었던 것 같은데 돌아올 땐 금방이다.

차이는 생각과 집중이 얼마나 목적지에 가 있었느냐였을 거다. 어딘가 갈 때는 도착해서 뭘 할지, 누굴 만날지 설레며 생각하느라 길이 길게 느껴진다. 하지만 집에 돌아올 때는 딱히 목적지라고 의식하지 않기 때문에 금방 도착한 것처럼 느껴진다. 똑같은 거리인데 마음이 어디에 가 있느냐에 따라 체감은 완전히 달라진다.

400km가 넘는 부산을 간다고 어느 길로 어떻게 갈지 구체적으로 계산하고 고민하면서 가면 지루하고 멀고 힘들게 느껴질 수밖에 없다. 성공도 그렇지 않을까.

성공이 너무 멀게 느껴질 때는 너무 멀리 내다보지 않기로 했다. 10년 뒤 성공을 꿈꾸고 있다면, 일단 1년 앞의 계획만 생각하면서 살기로 했다. 가다가 지치면 쉬어가면 된다. 휴게소 커피 한 잔 마시며 창밖을 보는 시간도 여정의 일부다. 쉬는 게 멈추는 게 아니듯, 천천히 가는 것도 가는 거다.

성공에 오래 꽂혀 있을수록 성공은 더 멀리 있는 것처럼 느껴진다. 먼 목적지, 먼 미래의 계획보다 내가 당장 할 수 있는 것들에 집중하다 보면 어느새 목적지에 다다르겠지. 포기하지 않고 계속 가고 있다는 것, 그게 중요하니까.

부산을 간다고 다 같은 길로야 가겠나.

길을 잘못 드는 사람도 있고, 가다가 사정이 생겨 서울로 돌아갔다 다시 출발해야 하는 상황도 있다. 기름이 떨어질 수도 있다. 중요한 건 그때마다 어떻게든 상황을 모면해나가면 된다는 걸 아는 거다. 길을 잘못 들었다고 여행이 실패하는 건 아니니까. 오히려 예상치 못한 길에서 좋은 풍경을 만나기도 한다. 계획대로 되지 않았던 날들이 나중에 가장 기억에 남는 여행이 되듯이.

성공이란 단어가 너무 멀게 느껴질 때 무엇을 붙잡느냐고 물으면, 나는 그냥 운전대를 붙잡는다고 답하겠다. 시간이 얼마나 걸렸든, 어디까지 갔든, 어디로 향했든 목적지보다 과정에 집중하다 보면 나만의 길이 완성될 것이다.

도착했을 때 비로소 알게 되겠지. 돌아온 길들이 모여 나만의 지도가 되어 있었다는 걸.

세상 모든 엄마를 대신하여

박근미 여사의 참견

애가 성공, 성공 그러길래 내가 그랬어. 성공이 뭔데? 그랬더니 한참 생각하더라고.

나는 그냥 이렇게 생각해.

오늘 하루 별일 없이 지나가면 그게 성공이야.

밥 맛있게 먹고, 잠 푹 자고, 내일 또 눈 뜨면 성공한 거지. 거창하게 생각할 거 없어.

우리 부모님이 그러셨어.

멀리 보지 말고 발밑 보고 걸어라.

멀리 보면 어지럽다고.

맞는 말이야.

한 발 한 발 가다 보면 어디든 가게 돼 있어.

45

멈춘 곳도 의미 있다

'너무 꽉 붙잡고 살지 마.'

맞다. 맞는 말이다. 살다 보면 조금, 아니 그보다 더 틀어질 수도 있다.

나도 모든 것을 통제하에 두지 못할 때가 있다. 그런데 내가 나를 정확한 틀의 기준치 안에서 살게 했고 결국 그 틀이 나를 죽이고 있었다.

단단한 물체는 그만큼 부러지기도 쉽다.

완벽주의는 독이다.

모든 것을 계획대로 기준대로 목표대로 하려고 하면 할수록 조금만 어긋나도 무너진다. 99점을 맞아도 1점이 아쉽고 거의 다 이뤘어도 조금 모자란 게 신경 쓰인다. 그렇게 스스로를 채찍질하다 보면 어느 순간 부러진다.

그 뒤로 조금은 내려놓을 줄도, 조금은 수그러들 줄도, 조금은 손해 볼 줄도, 조금은 포기할 줄도, 조금은 적당할 줄도 아는 사람이 되려 노력했다.

처음엔 어려웠다. 내 기준을 양보한다는 것이 자존심 상하기도 하고 뒤처지는 건 아닐까 불안하기도 했다.

'당장 내가 이렇게 편해도 되는 건가?'

결론부터 말하면 건강한 나로 살기 위해 반드시 그래도 된다.

상상해보자.

나를 과녁판에 다트 던지듯 던지다 보면 과녁판에 박히지 못하고 떨어질 때마다 몸도 마음도 크게 다치고 실망하며 점점 망가진다. 10점, 9점, 8점. 점수가 매겨진 과녁을 향해 나를 던진다. 10점에 꽂히면 기뻐하고 1점에 꽂히면 좌절한다. 과녁 밖으로 떨어지면 실패다.

생각해보면 그 과녁이란 건 남이 그린 그림이다.

그걸 향해 나를 던지고 있던 거다.

그 뒤로 나는 과녁 없는 다트가 되기로 했다. 그제야 비로소 마음의 안정을 찾았다. 매일매일 다음 목표를 향해 더 점진적으로 나아갈 수 있는 마르지 않는 동력을 얻게 되었다.

목표를 버리라는 게 아니다. 목표에 도달하지 못했다고 실패가 아니라는 것이다. 멈춘 곳도 충분히 의미 있는 곳이라는 것이다.

100을 목표로 했는데 70에 멈췄다면 70만큼 성공이다. 과녁에 집착하지 말자.

세상 모든 엄마를 대신하여

박근미 여사의 참견

이제는 좀 놓으며 살고 있는 거니?

너무 꽉 붙들고 살지 마. 이제 좀 내려놔.

그냥 둬도 흘러가. 그냥 둘 줄도 알아야 해.

그래야 인생이 흘러가.

인생 살아보니까 그렇더라.

꽉 쥐면 손에 힘만 들어가고 결국 손이 아파.

적당히 쥐고 적당히 놓고 그래야 오래 가드라.

인생은 마라톤이야.

처음부터 전력 질주하면 중간에 쓰러져. 천천히, 꾸준히, 그리고

가끔은 쉬어가면서.

그게 오래가는 비결이야.

과녁 없는 다트?

엄마는 그냥 던지는 것도 귀찮아.

그냥 앉아 있을래. ㅋㅋ

5장

그 집의 온도

46

따뜻한 소음

늘 혼자 보내야 하는 시간이 많았던 공간이었다. 인위적인 소리를 만들어내지 않는 이상 아마도 10데시벨을 넘기지 않았을 공간. 아버지 집은 그랬다.

평상시엔 고요했다. 10데시벨이 넘는 날은 TV 소리와 담배 연기와 술주정 소리가 섞인 날이었다. 부모의 케어는 느껴지지 않는, 고요하다가도 시끄러운 공간이었다.

어머니 집에 오게 된 후에는 데시벨이 커졌다.

매일 형이 혼나는 소리는 방문을 닫아놔도 집 안을 가득 채웠다. 비명도 들리는 집이었다. 장난이랍시고 향으로 내 이마를 지지는 사건도 있었으니 늘 시끌시끌했다.

이런저런 사고가 많은 집. 하지만 언제나 부모의 케어가 느껴지는 곳이었다. 한시도 자식에게 관심을 놓은 적이 없는 곳.

형이 벌여놓은 일들 때문에 학창 시절엔 급식도 못 먹고, 휴학을 하고, 내 물건들을 팔아야 했다. 그래도 그저 해프닝이 많은 사람들이 사는 행복한 공간이었다.

시끄러운 집이 더 따뜻할 때가 있다.

잔소리가 들리는 집.

혼내는 소리가 들리는 집.

웃고 떠드는 소리가 들리는 집.

그 소음들은 사랑의 증거다.

조용한 집은 편할 수 있지만 외로울 수 있다.

시끄러운 집은 피곤할 수 있지만 따뜻할 수 있다.

세상 모든 엄마를 대신하여

박근미 여사의 참견

사랑하는 내 아들.

언제 이렇게 컸지. 아니, 원래 컸지. 몸도 마음도.

내 아들. 미안해. 사랑해. 감사해.

47

그때의 나

나는 엄마의 손길을 느껴보지 못한 채 아버지와 함께, 아니 함께 라고 말하기도 어색한 그런 학창 시절을 보냈다.

아버지는 줄곧 술에 취해 들어와 술주정하는 게 일상이었다. 집 거실에선 매일 담배 연기가 자욱했다. 끼니의 대부분은 아침에 5,000원짜리를 신발장에 두고 "짜장면이나 볶음밥 시켜 먹어라" 는 말로 때웠다.

어린 나에게 집이란 편안한 곳이 아니었다. 돌아가고 싶은 곳이 아니라 견뎌야 하는 곳이었다. 쉬는 곳이 아니라 숨는 곳이었다.

학교가 끝나면 친구들은 "빨리 집에 가자"고 했지만 나는 최대한 천천히 걸었다. 집에 가기 싫었다. 집에 가면 술 냄새와 담배 연기 와 침묵만 있을 것을 알았다.

나는 그렇게 자랐다. 아니, 자랐다기보다는 그냥 시간이 흘러서 컸다.

아버지는 그렇게 매일 술을 마시다 돈이 떨어졌는지, 자세한 이유 는 알 수 없지만 엄마에게 돈을 받고 나를 넘겨버렸다.

이 말을 쓰면서도 가슴이 먹먹하다. 자식을 돈을 받고 넘긴다는 것. 그것이 어떤 의미인지 어른이 된 지금도 완전히 이해할 수 없다. 하지만 그때의 나에게 그것은 구원이었다.

나라는 사람을 포기하지 않고 데려와주셔서 감사하다. 그때 엄마가 나를 포기했다면 나를 데려오지 않았다면, 모든 빛을 잃고 어떤 인간이 돼버렸을지 짐작도 되지 않는다.

그때 아버지에게 건넨 돈이 아깝지 않게, 100배 넘는 가치 있는 사람이 되겠다고 다짐했다.

아버지와의 시간은 세상의 어둠을 경험하는 시간이었다. 그 어둠이 있었기에 지금이 더 빛나는 것이다.

어떤 부모는 자식을 포기한다. 너무 힘들어서, 너무 어려워서, 혹은 그냥 귀찮아서. 하지만 어떤 부모는 자식을 포기하지 않는다. 돈을 주고서라도, 어떤 대가를 치르더라도 자식을 다시 데려온다. 그것이 내가 지금 여기 있는 이유다.

세상 모든 엄마를 대신하여

박근미 여사의 참견

어떻게 다 말로 표현하겠니.

엄마로서 당연한 것들일 뿐이야.

선호야~ 기억 나?

너 대학 졸업하고 호주로 공부하러 갔을 때,

약속했던 날보다 한 달이나 일찍 들어온 너에게 왜 이렇게 빨리 왔

냐고 물었더니,

"엄마 생일이라서요" 했던 날.

그 말 듣는데 어찌나 눈물이 나던지.

그 마음이 너무 고맙고 귀해서 지금도 잊을 수가 없어.

작년 10월엔 엄마랑 너랑 다시 호주에 같이 갔었잖아.

네가 공부했던 그곳으로.

그때 아무 말 없이 경마장 같은 데로 데려가서 벤치에 앉았는데,

네가 이렇게 말했어.

"여긴 우리나라와는 다르게 경마장을 가족들이 웃고 즐기며 소풍

나오듯 와. 아르바이트할 때 그게 참 부러웠어.

그래서 나중에 우리 가족이랑 꼭 같이 와야지 다짐했는데, 이제 이

렇게 엄마랑 왔으니까 그 다짐 이뤘네. 그치?"

그 말 듣고 또 눈물이 나더라.

참 고맙고 기특하고 또 미안하고……

여러 감정이 한꺼번에 밀려왔어.

군대 있을 때도 매일 편지를 보내던 다정한 아들이잖아.

그게 너무 고맙고 자랑스러워.

그래서 엄마 핸드폰에 네 이름이 "선호야 사랑해"야.

⁴⁸ 의지할 곳이 없다는 것

평생 걸어온 꿈과 학업을 포기하면서 모든 악재가 겹쳤다. 본업으로 유튜브에 뛰어들자 잘만 되던 유튜브가 귀신같이 3년 넘게 구독자 수에서 제자리걸음을 했다. 신규 유입이 없었다는 것이고, 콘텐츠에 별다른 강렬함이 없었다는 얘기다.

본업으로 삼고자 직원들도 뽑았으나 조회 수는 나오지 않았고 1년 넘게 적자만 쌓였다. 차를 처분했고 살던 집도 뺐다. 엄마에게 차려드렸던 가게도 정리하게 되면서 대출도 당장 갚아야 했다. 엎친 데 덮친 격으로 당시 여친은 환승 이별을 했다.

모든 악재가 동시에 겹쳤다.

공황이 왔다. 결국 발작까지 이어졌다. 모든 것이 끝날 것 같고 정말 아무런 희망의 실마리조차 보이지 않았다. 하루하루가 무너지는 기분이었다. 아침에 눈을 뜨면 가슴이 답답했고 밤에 잠들 때면 불안했다. 숨도 쉬어지지 않았고 살아 있는 것 같지 않았다.

포기하지 않았고 나쁜 생각은 단 한 번도 하지 않았다. 그러나 버티는 것도 너무 힘들었다.

그때 엄마의 한마디가 나를 더 비참하고 힘들게 했다.

"니가 나한테 해준 게 뭐가 있냐?"

내가 박사 과정을 그만둔 것도, 집도 차도 정리한 것도, 인생의 갈림길에서 영상 일을 택해야 했던 것도, 그 모든 것은 우리 가족을 위해 결정한 일이었다. 그런데 엄마는 조금 서운한 일이 있을 때면 항상 그 말을 했다.

"니가 나한테 해준 게 뭐가 있냐?"

힘듦과 역경도 다 버텨온 나인데, 이 말은 뭐라고 표현할 수 없을 만큼의 아픔이었다. 의지할 곳이 없다고 느껴졌다.

사람이 살면서 가장 힘든 순간은 의지할 곳이 없다고 느껴질 때가 아닐까.

세상이 무너져도 버틸 수 있다.

돈이 없어도 버틸 수 있다.

사랑하는 사람이 떠나도 버틸 수 있다. 하지만 내 편이 하나도 없다고 느껴질 때, 나를 이해해주는 사람이 아무도 없다고 느껴질 때, 그때는 정말 버티기 힘들다.

특히 그것이 가족으로부터 온 말일 때, 그 상처는 더 깊다.

나는 스스로 약하지 않다고 나를 달랬다. 움직이지 않으면 무너질 것 같았다. 멈추면 다시 그 어둠 속으로 빨려 들어갈 것 같았다.

그래서 계속 달렸다. 들어오는 일들 마다하지 않고 다 참여했다. 협업이며, TV 프로그램이며, 웹드라마며, 독립영화 연기며. 그해에 정말 많은 것을 한 것 같다. 그렇게 버텼다.

돌이켜보면 그 당시 얼마나 고통스러웠는지 사실 기억도 흐릿하다. 그 순간에는 세상이 끝나는 것 같았는데, 지금 생각해보면 그저 지나가는 한 장면일 뿐이었다. 그때는 평생 그 고통을 안고 살 것 같았는데, 지금은 그때의 아픔조차 희미하다.

그 생각이 나를 위로한다.

시간이 지나면서 엄마 말에 예전보다 상처받지 않는 내성이 생겼다. 나와 다른 시대를 살아온 분이라, 생각도 말도 생활도 다를 수 있다는 것을 인정했다. 말을 그렇게 한다고 해서 나를 사랑하지 않는 게 아니라, 부모는 부모의 방식으로 자식을 사랑하고 있다는 걸 알았다. 다만 그 사랑을 표현하는 언어가 나와 다를 뿐이다.

"니가 나한테 해준 게 뭐가 있냐?"

그 말 속에는 사실 미안한 마음이 숨어 있었는지도 모른다. "내가 너에게 더 해주지 못해서"라는 자책이 담겨 있었는지도 모른다. 부모도 서툴렀던 것이다. 사랑을 표현하는 것이, 마음을 전하는 것이.

그것을 이해하는 데 나는 너무 오랜 시간이 걸렸다.

세상 모든 엄마를 대신하여

박근미 여사의 참견

그래, 선호. 너는 그런 아들이지. 멋진 놈.

엄마 마음 한번 봐볼래?

자식을 아프게 힘들게 하고 그걸 나중에야 알게 된 엄마라는 이름의 나.

너를 힘들게 한 걸 나중에서야 알았을 때, 그게 부모라는 사람에게는 제일 힘든 일인 것 같아.

엄마한테는 너 위에 형이 있잖아. 네가 알듯이 형한테는 뭐든 최고로 해줬어. 부족함 없이 바람 불면 날아갈까 애지중지하면서 말이야. 그래서인지 형은 뭐든 돈으로 해결하는 사람이 돼버렸지.

근데 너는 반대였어. 형 물건 물려받으면서 공부하란 말 한마디 없이도 혼자 다 해냈어. 숙제해라 공부해라 그런 말 한 번도 안 했는데, 대학 가고 군대 다녀오고 박사 과정까지 혼자서 해내는 멋진 놈이었지.

너 대학생 때 형이 국회의원 선거를 나갔잖아. 형이 하고 싶다니까 엄마는 또 뭐든 도와주려고 했지. 근데 선거가 그렇게 힘들고 돈이 많이 드는 일인 줄은 몰랐어. 상가 팔고 부동산 처분하고 대출까지 받아서 밀어붙였는데 결과는 좋지 않았지. 선거가 끝나고도 갚아야 할 돈이 너무 많더라.

그래서 네가 그때 집 도움도 못 받고 혼자 그렇게 어렵게 버티고 있었다는 걸 나중에야 알았어. 네가 아끼던 음향 장비까지 팔아서 학비 내고 원룸비 내고 물이 새는 지하방에서 아르바이트하면서 버텼다는 걸 알고 그때 정말 가슴이 미어졌어.

그땐 엄마가 형만 보느라 네가 힘든 줄을 몰랐던 거야. 네 삶을 들여다보지 못했지. 그런데도 넌 원망 한마디 안 했어. 엄마는 그게 너무 미안하고 또 너무 고마워.

선호, 너는 신이 박근미에게 준 선물 같은 자식이야. 그 일을 겪고 나서야 엄마는 돈이 얼마나 무서울 수 있는지 알았어.

빚에 치이면 사람이 얼마나 약해지는지도 배웠지. 그때부터는 카드를 없앴어.

죽을 힘을 다해 빚을 갚았는데도 카드 쓰면 다시 제자리더라. 그래서 '카드 안 쓰기 1년 프로젝트'를 세웠어. 한 달 두 달 지나니까 진짜로 생활이 달라지더라. 그래서 지금은 너도 알다시피 카드 없이 살아.

엄마는 독자분들한테도 꼭 말하고 싶어. '카드 안 쓰기 00년 프로젝트' 한번 해보라고. 이건 박근미 여사 금융 팁이야.

내가 제일 좋아하는 숫자는 '0'이야. 더도 덜도 말고 딱 '0'. 돈 계산을 철저히 해야 해.

줄 돈은 다 주고 천 원 한 장도 귀하게 써야지. 나를 위해선 천 원을 덜 써도 남을 위해선 천 원을 더 쓰자. 그렇게 살다 보니까 절제하는 삶이 되더라.

사람들은 엄마가 영상에서 늘 웃고 떠들고 소리 지르니까 고통 하나 없이 사는 사람처럼 본다네. 근데 아니잖아, 우리는 알잖아. 그만큼 아픈 시간을 견디고 살아냈으니까 지금의 내가 있고 우리가 있는 거지.
인생은 거저 얻는 건 없더라, 그치?

49

힘들다 한 번 안 한 사람

가정을 꾸려보니 서른 후반에도 막막하게 느껴진다.

스물다섯. 지금 생각해보면 아무것도 모르는 나이다. 세상이 어떻게 돌아가는지, 사람이 어떻게 변하는지, 돈이 얼마나 무서운지, 인생이 얼마나 예측 불가능한지.

그 나이에 결혼을 하고 아이를 낳고 가정을 꾸린다는 것. 지금의 나로서는 상상이 안 된다. 이혼하고 암에 걸려도 "힘들다"고 하신 적이 없다. 진짜로 단 한 번도.

생각해보면 내가 학창 시절에 그 말을 들었으면 당장 학업을 그만뒀을 것 같다. '엄마가 힘드니까 내가 돈을 벌어야지.' '엄마가 힘드니까 공부는 나중에 해야지.' 그랬을 것이다. 그럼 지금의 논리도 갖추지 못했을 것이고 지금 같은 활동은 없었을 것이다.

엄마는 알고 계셨던 걸까.

부모는 자식 앞에서 무너지지 않으려 한다. 힘들어도 지쳐도 자식 앞에서는 괜찮은 척한다. 부모가 무너지면 자식도 무너진다는 걸 아니까.

그래서 부모는 혼자 운다.

자식이 잠든 후에. 자식이 보지 않는 곳에서.

우리는 그 눈물을 모른다. 부모가 숨긴 눈물을. 부모가 삼킨 한숨을. 부모가 견뎌낸 밤들을.

그저 부모는 늘 강하다고만 생각한다.

힘들어도 힘들다 한 번 자식에게 얘기하지 않은 강인함을 가진 우리 부모들이 너무나 자랑스럽다.

나 또한 엄마 때문에 박사 졸업을 그만둔 것이 아니라 엄마 덕분에 무사히 박사 수료까지 할 수 있었다. 자랑스러운 우리 엄마. 사랑합니다.

세상 모든 엄마를 대신하여

박근미 여사의 참견

내 자랑.

우리 아들 쌔끼.

사랑해.

50

웃게 하고 싶었다

"너 전교회장 되는 거 보는 게 소원이야."

어느 날 엄마는 나에게 대뜸 이렇게 말씀하셨다.

"전교회장? 절대 싫어!"

나는 회장 같은 거에 관심도 없었고 그럴 자신도 없었다. 무엇보다 왜 내가 그런 걸 해야 하는지 이해가 되지 않았다.

그런데 곰곰이 생각해보니, 매일 아침 스스로 일어나 밥을 차려 먹고 교복을 다려 입고 학교에 다녀오는 것만으로는 엄마에게 큰 기쁨이 되지 않을 거라고 생각했다.

엄마를 웃게 하는 방법은 생각보다 단순했다. 엄마가 원하는 걸 해드리는 것이었다. 그래서 중학교 전교회장이 되었다.

나는 어머니 성격을 잘 안다. 정말 어머니 평생에서 어깨가 가장 높이 올라가 있던 순간 중 하나가 아니었을까 싶다.

돌이켜보면 나는 늘 그랬다. 형이 말썽을 부리면 나는 말썽을 부리지 않았다. 형이 학교를 빠지면 나는 개근했다. 형이 엄마를 화나게 하면 나는 엄마를 웃게 했다. 의도한 건 아니었다. 그저 자연스럽게 그렇게 되었다. 나는 그 역할을 받아들였다. 아니, 어쩌면 그 역할을 선택했는지도 모른다. 그래서 나는 엄마를 웃게 하는 법을 배웠다. 전교회장이 되는 것, 상을 타는 것, 학교에서 모범생으로 사는 것. 그것이 엄마를 웃게 하는 방법이었다.

그런데 이상한 일이다.

엄마를 웃게 하려고 했던 그 모든 순간들이, 정작 나를 행복하게 했는지는 잘 모르겠다. 전교회장이 되었을 때 엄마는 행복해하셨다. 하지만 나는? 나는 정말 행복했을까?

나는 그저 '엄마가 행복해하시는 모습'을 보며 만족했을 뿐이다. 내가 직접 느끼는 행복이 아니라, 엄마의 행복을 통해 간접적으로 느끼는 위안 같은 것.

때때로 그것이 헷갈린다. 부모를 기쁘게 하는 것과 나 자신이 기쁜 것. 부모가 원하는 내가 되는 것과 내가 원하는 내가 되는 것. 자식으로 산다는 건 힘들다.

세상 모든 엄마를 대신하여

박근미 여사의 참견

우리는 같은데 다른 듯,

다른데 같은 듯…… 찌찌뽕!! ^^

네가 전교회장 됐을 때, 솔직히 엄마는 세상 다 가진 기분이었어.

"우리 아들 전교회장이다!"

어깨가 하늘까지 올라갔지.

근데 너는…… 행복하지 않았구나.

지금 네 글 읽으니까 그제야 보이네.

엄마는 행복했고 너는 아니었던 거잖아.

우리 참 다르게 살았다, 같은 집에서.

그래도 말이야, 엄마가 기억하는 네 가장 행복한 얼굴은 따로 있어.

대학교 들어가서 운전면허 땄을 때.

엄마가 축하한다고 레이 한 대 사주고 카드 한 장 줬잖아.

그때 네 얼굴에 웃음이 가득했던 거, 아직도 생생해.

웃음이 아니라 진짜 웃음이었지. 치…….

51

낯선 엄마

많은 사람들은 자주 나에게 묻는다.

"어떻게 어머니와 그렇게 가까이, 허물없이 지내실 수 있어요?"

그러나 어렸을 적엔 엄마와 가깝지 않았다. 마음도 물리적인 거리도 모두 가깝지 않았다. 부모님은 내가 어렸을 때 이혼하면서 형은 어머니가, 나는 아버지가 각각 키우기로 하셨다. 그렇게 친형과 어머니를 볼 수 있는 날이 자연스레 없어졌다.

모든 게 밉고 세상에 부정적이었다. 학교에서 선생님이나 친구들 사이에서 부모님에 대한 주제로 무언가 이야기해야 할 때면 어딘가로 숨어버리고 싶었다. 내가 지은 잘못도 없는데 꼭 죄를 진 기분이었다. 왜 떨어져 지내야 하며 내가 왜 이렇게 위축된 모습으로 살아야 하는지도 억울했다.

부모의 이혼은 내게 세상의 붕괴였다. 어른들은 "아이는 금방 적응한다"고 말하지만 나는 적응한 게 아니라 체념한 것이었다. 받아들인 게 아니라 숨긴 것이었다. 나는 오랫동안 그 상처를 숨기고 살았다.

친구들이 "너희 엄마는 어때?"라고 물으면 자연스럽게 화제를 돌렸다. 가족 이야기가 나오면 조용히 귀를 닫았다. 부모님 참관 수업이 있는 날이면 일부러 알리지 않았다. 엄마라는 사람에 대해 이해할 기회도 절대적으로 부족했다. 그러다 보니 성인이 돼서도 엄마와 그렇게 가까운 사이가 아니었다.

그러던 어느 날 함께 놀이공원에 갈 기회가 있었다. 내가 그날 본 엄마의 모습은 내가 기억하던 엄마가 아니었다. 나는 초등학교 운동회 때 누구보다 빨리 달리는 엄마의 모습만 저장되어 있었다. 하지만 이제 엄마는 숨이 차서 걷는 걸 너무 힘들어하고 있었다. 충격이었다. 하지만 나는 참 생각 없이 말했다. "아, 뭐 했다고 벌써 힘들어?" 내가 어린애에서 이만한 어른이 됐다는 건 그만큼 세월이 흘렀다는 건데 이 바보는 그 당연한 걸 한참을 몰랐다. 맨날 공부한답시고 얼굴 한 번 비추는 것도 힘들다고 내색했던 나는 참으로 헛똑똑이 그 자체였다. 세월에 대한 이해, 인생에 대한 이해, 엄마에 대한 이해가 하나도 없던 것이다.

그래. 맞다. 부모는 늙는다. 당연한 말인데 나는 그걸 잊고 있었다. 내 기억 속 부모는 늘 젊고 강하고 튼튼하다. 하지만 현실의 부모는 매일 조금씩 늙어가고 있다. 그리고 언젠가는 부모가 나를 돌봐주던 것처럼 내가 부모를 돌봐야 할 날이 온다.

하지만 그 '언젠가'에는 정작 함께할 시간을 모두 놓쳐버릴지도 모른다. 효도라는 것은 내가 성공해서 무언가 대단한 것을 해드려야 하는 것이라고 생각했는데 완전한 착각이었다.

효도라는 건 그저 할 수 있을 때, 지금, 내가 할 수 있는 선에서 함께 시간을 보내는 것이다.
밥 한 번 같이 먹는 것,
전화 한 번 더하는 것,
집에 한 번 더 가는 것. 이게 효도다.
나는 늘 '나중에'라고 말했다. "나중에 돈 벌면 효도할게요." "나중에 시간 나면 자주 찾아뵐게요." "나중에 성공하면 좋은 거 많이 사드릴게요." 하지만 효도에는 '나중에'가 없다.
엄마가 원하는 건 대단한 게 아니었다. 명품 가방도, 고급 차도, 큰 집도 아니었다. 그저 내 목소리를 듣고 싶고 내 얼굴을 보고 싶고 나와 함께 밥을 먹고 싶은 것뿐이었다. 그런데 나는 그 단순한 것조차 '나중에'로 미뤘다.
그런 생각들을 다짐 삼아 한 시간 두 시간 꾸준히 함께하는 시간을 늘려가다 보니 일단 엄마가 어떤 사람인지에 대해 조금씩 파악하게 됐다. 하나둘 파악하고 나니 그다음은 누가 알려주지 않아도 어떻게 이해하고 어떻게 벽을 허물고 친해져야 할지를 자연스럽게 알게 됐던 것 같다.
이것은 부모와 자식 사이의 관계뿐 아니라 모든 관계에도 해당된다. 서로가 모나지 않게 굴러가려면 서로의 톱니바퀴 모양이 어떻게 생겼는지 이해해야 하고 그러기 위해선 절대적으로 시간을 함께 많이 보내보는 것이 중요한 것 같다.

방송으로 보이는 엄마와 나의 모습은 주로 좋은 모습들만 보이기에 간혹 영상을 보고 '우리 자식은 왜 안 그렇지?' '우리 부모는 왜 다르지?' 비교하시는 분들이 분명 있을 거라 생각한다. 그러나 생각만큼 우리 모자도 다르지 않다. 그저 똑같은 사람이다. 모두가 그렇듯 다투고 서운하고 서먹할 때도 있다.

그러나 결국 가족이란 것은 서로를 너무 사랑하고 너무 내 마음같이 너무 내 것과 같이 생각하기 때문에 마찰이 생기는 것이다. 그저 서로를 관찰하고 서로를 이해하고 서로가 다름을 인정하게 된다면 불협화음 없이 서로를 있는 그대로 받아들이고 사랑하는 돈독한 사이가 될 거라고 확신한다.

관계의 회복은 거창한 데서 시작되지 않았다. 하루 10분, 일주일에 한 번, 한 달에 한 번이라도 그저 함께하는 시간을 늘려갔다. 서로의 목소리를 들었다. 서로의 얼굴을 봤다. 그게 시작이었다.

세상 모든 엄마를 대신하여

박근미 여사의 참견

그래, 엄마도 늙어.

놀이공원에서 숨차던 그 모습, 너한테 그렇게 보였구나. 엄마는 몰랐어.

네가 그렇게 느꼈을 줄은.

내 얘기가 정답은 아니지만, 부모의 기대치가 높을수록 자식과 단절을 일으키는 것 같아.

내 욕심의 크기만큼 안 좋은 감정이 섞이고 그 감정으로 자식을 대하다 보니 멀어지게 되고.

내 생각과 좀 다르더라도 자식의 있는 모습 그대로를 인정하고 대해주는 것이 가장 좋은 방법 같아.

큰 울타리의 올바른 기준과 규율을 주고 그 안에서 뛰든 구르든 눕든 그건 아이의 몫으로 남겨주고. 서로의 감정을 지키는 거.

52

엄마가 사라지기 전에

기억 속 부모는 여전히 젊고 강하고 팔팔하다. 하지만 현실의 부모는 매일 조금씩 늙어가고 있다. 언젠가는 내가 기억하는 그 엄마의 모습도, 목소리도, 웃음도 사라질 것이다.

그 생각이 나를 겁나게 했다.

내가 영상 만드는 것을 좋아하니 엄마가 하루라도 팔팔하실 때 있는 그대로의 모습을 많이 담고 싶어졌다. 그때만 해도 촬영이란 건 수줍고 부담스러운 거였다. 그래서 생각해낸 게 '몰카'였다. 그래야 엄마를 숨김없이 담아낼 수 있겠다고 생각했다.

처음 엄마를 몰카로 찍기 시작했을 때 목적은 단순했다. 엄마를 기록하고 싶었다. 엄마의 웃음을, 말투를, 일상을 남기고 싶었다. 나중에 엄마가 안 계실 때 이 영상들을 보며 기억하고 싶었다.

그런데 그 영상을 사람들에게 보여주었을 때 예상치 못한 일이 벌어졌다.

사람들이 열광했다.

댓글들이 쏟아졌다. "우리 엄마랑 똑같아요." "이거 보고 우리 엄마 생각났어요." "오늘 엄마한테 전화해야겠어요."

사람들은 내 엄마를 보면서 자기 엄마를 떠올렸다. 내 가족의 이야기를 보면서 자기 가족을 생각했다. 우리의 이야기가 특별해서가 아니라 너무나 평범해서 공감한 것이다.

그렇게 나는 최초의 가족과 함께하는 인플루언서가 되었다. 당시만 해도 부모와 함께 영상을 찍는 사람은 거의 없었다. 인플루언서라고 하면 혼자 찍거나 친구들과 찍거나 연인과 찍는 게 대부분이었다. 나는 엄마와 찍었다.

효도를 하려고 시작한 것이, 추억을 남기려고 시작한 것이 어느새 많은 사람들에게 위로와 공감을 주는 일이 되었다.

시작은 작았다. 늙어가는 엄마를 보며 느낀 두려움, 자주 찾아뵙지 못하는 죄책감, 추억을 남기고 싶은 간절함. 그 작은 마음들이 모여서 지금의 우리를 만들었다.

그래서 나는 '지금'을 택했다. 부모가 건강할 때, 함께할 수 있을 때, 아직 늦지 않았을 때. 그게 지금이었다.

세상 모든 엄마를 대신하여

박근미 여사의 참견

참 멋진 놈. 한 번 더 찌찌뽕!!

허물없는 모자 사이는 하루아침에 되는 게 아니예요.

어려서부터 같이 부대끼고 살 맞대며 살면서 만들어지는 거라고

생각해요.

우리 모자의 경우 그 시발점이 일상 브이로그 몰카였어요.

엄마하고의 관계가 벽이 생기고 떨어져 살다 보니까 어쩌다 한 번

얼굴 보고.. 이건 아니다 싶으니까 선호가 마음을 많이 낸 거죠.

제가 몰카를 당하면 날것 그대로의 모습으로 막 "썅노무시끼!..."

하면서 소리 지르고 바닥을 보여주잖아요. 그러면서 '아…… 뭐든

솔직할 때 공감받을 수 있구나'라는 생각이 들더라고요.

그때 마침 선호가 이왕 이렇게 된 거 엄마 기억을 담아내고 싶다고

했고 그렇게 시작된 게 지금까지 허물없이 지내게 된 거예요.

막 욕하면서(웃음) 아들이 사진 찍어주고 질문해주고 하니까 좋더

라고요.

53

환갑날

코로나로 공황발작까지 이겨내야 했던 그 힘든 시기에, 박근미 여사님은 환갑을 맞으셨다. 뭔가를 기대하는 눈치였다. 환갑을 어떻게 보낼지, 어디를 대관해서 잔치를 해야 할지, 친지와 지인을 모아 조촐하게 축하하는 자리를 만들지. 이런저런 의견을 은근히 물어보셨다.

나는 심적으로나 경제적으로나 어떤 것도 해드릴 수 있는 상황이 아니었다. 몸도 마음도 바닥이었다. 공황발작이 언제 올지 몰라 불안했고, 통장 잔고도 바닥이었다. 내일이 어떻게 될지 알 수 없었다. 그런 상황에서 환갑잔치라니. 하고 싶어도 할 수 없었다. 차마 공황 때문이라고는 말하지 못했다. 대신 애써 에둘렀다.

"요새 환갑잔치를 누가 해."

실망하신 듯했으나, 감추듯 대답하셨다.

"그치?"

마치 눈치라도 챈 듯, 돈과 물질을 그렇게도 좋아하시는 우리 엄마가 그 뒤로 환갑이란 말은 한 번도 꺼내지 않으셨다.

부모는 안다. 자식이 힘든지, 아닌지. 말하지 않아도 안다. 표정에서, 목소리에서, 행동에서 다 보인다. 그래서 물러나신 거다. 자식이 힘들어 보이니까. 부담 주기 싫으니까.

하고 싶으셨을 거다. 친구들한테 자랑하고 싶으셨을 거다. "우리 아들이 하자고 해서" 하고 말하고 싶으셨을 거다. 그런데 참으셨다. 자식 때문에.

미안하고 죄송했다. 엄마는 "내가 힘들어서 못 해줘"라는 침묵의 말을 들으셨을 거다. 환갑이라고 축하도 못 드린 게 항상 마음에 걸려 있다.

환갑은 지나갔다. 돌아갈 수 없다. 하지만 칠순은 아직 오지 않았다. 칠순 때는 엄마가 하고 싶은 방향대로 꼭 해드리고 싶다. 그때는 내가 먼저 물어보고 싶다.

"엄마, 어디서 할까? 누구 부를까? 뭐 먹고 싶어?"

그때는 "요새 누가 그런 거 해?" 같은 말 절대 안 할 거다. 그러니까 건강하게 기다려만 주세요.

세상 모든 엄마를 대신하여

박근미 여사의 참견

아싸…….

근데 너무 다 감당하려 하지 말고, 내려놓을 건 내려놓고 살았으면 해. 부모가 해야 할 일은 부모에게 맡기고, 자식들은 자기 몫을 하는 거지.

근데 이건 세상 모든 자식들에게도 똑같이 하고 싶은 말이야. 네 몫이 아닌 것도 많아.

너는 모든 걸 네가 다 해결해야 한다고 생각하잖아. 그래서 마음이 좀 편안했으면 좋겠어.

조금은 가볍게, 그렇게 살았으면 좋겠어.

54

가난의 기억

가끔 빵구멍 난 양말을 여전히 꿰매서 신는 모습을 보면서 궁금했다. 내가 드린 용돈으로 왜 양말을 안 사실까? 악착같이 용돈은 받아가시면서 왜?

도무지 이해가 안 갔다.

그러던 어느 날 내 장학금을 그대로 갖고 계신 걸 알게 됐다. 내 이름으로 청약 통장을 만들어 붓고 계신 것도 알게 됐다.

우리는 부모의 모르는 부분이 너무 많다. 엄마는 우리를 키우시면서 너무나 지독하게 힘들었다. 돈이 너무나 지독하게 소중하셨을 거다. 가난해본 사람만 안다. 돈이 없는 공포를.

다음 달 월세를 어떻게 내야 하나. 아이들 학비를 어떻게 마련하나. 갑자기 아프면 병원비는 어떻게 하나. 그 불안 속에서 살아온 사람은 돈을 쥐고 있어야만 안심이 된다. 놓으면 다시 그 공포 속으로 빠질 것 같아서.

처음엔 돈, 돈 하는 게 야속하고 짜증 나고 힘들었다.

하지만 부모는 그저 그간의 힘듦에서 나오는 본능 같은 행동이었다고 생각하니 안쓰럽다. 언제 들이닥칠지 모르는 인생에 꼭 쥐고 있어야 불안하지 않게 자식 케어할 수 있겠다는 마음. 그 생각이 드니 코끝이 찡하다.

부모의 행동에는 모두 자식이 모를 이유가 있다. 자식이 모르는 인생. 자식이 겪지 않은 고통에서 나온 이유. 우리가 상상하지 못한 두려움이 만든 것들이다.

야속하고 서운했던 그 행동들도 알고 보면 사랑의 다른 모습일 때가 있다. 다만 그 사랑의 모양이 우리가 원하는 모양이 아니었을 뿐이다.

세상 모든 엄마를 대신하여

박근미 여사의 참견

눈물이 나려 하네……

55

언젠가 꼭

해외에서 한달살이를 해보고 싶다.

아무래도 집은 엄마 소유의 엄마 공간이니까. 엄마는 잔소리를 하고 아들은 듣는다. 엄마는 지시를 하고 아들은 따른다. 수십 년간 그렇게 살아왔기 때문에 집에서는 그 역할에서 벗어나기가 어렵다.

하지만 낯선 곳에서는 다르다. 둘 다 처음인 곳, 둘 다 모르는 곳에서는 서로가 서로를 의지한다. 엄마도 나에게 묻고 나도 엄마에게 묻는다. 누가 위도 아래도 아닌 그냥 함께 여행하는 두 사람이 된다.

부모와 평등한 조건에서 지내볼 수 있다는 것. 그것은 서로를 조금 더 이해하게 해주는 소중한 체험이다.

지금까지 해왔던 해외여행보다 조금 더 긴 시간, 같은 입장에서 생각하고 같은 입장에서 대화할 기회가 생긴다면 분명 지금보다 공감이 오가고 삶의 가치를 인간 대 인간으로 느껴볼 수 있을 것 같다.

세상 모든 엄마를 대신하여

박근미 여사의 참견

찌찌뽕! 찌찌뽕! 이번에도 우리 마음 통했어!!!

아들과 가장 하고 싶은 거, 단연 여행. 그것도 해외여행.

내가 여행을 또 그렇게 좋아하잖니? ㅎㅎㅎㅎㅎ

아들하고 함께하는 여행은 이 세상 가장 큰 행복 그 잡체지.

갑자기 자기반성이 되네.

지난번에 내가 '나 몽골 가보고 싶어. 몽골 여행 가자'라고 했을 때

"응, 그래. 날짜 잡아보세요" 그랬잖아.

그래서 내가 신나서 "9월 3일!" 이러니까

"엄마, 나 9월 6일 결혼식이야." 헉. ㅠㅠㅠ

어찌나 민망하던지. 난 엄마도 아니야.

내가 이래요. 아휴.

다시 이야기로 돌아와서, 선호랑 하고 싶은 것들.

첫 번째가 해외여행이고 두 번째가 마음 열어 대화하기.

내 가슴 지 가슴 다 열고 진지하게 대화해보고 싶어.

그래! 전문가분이랑 같이 해보는 그런 거.

TV에 나오는 그런 거.

더 시간이 흐르기 전에 서로의 마음을 드러내고 치유하고.

문득문득 지난 시간에 사로잡히지 않기 위해서.

계속 모른 척하지 말고 큰마음을 내는 거지.

그래야 우리가 가볍게 앞으로 나아갈 수 있으니까.

말하고 나니 정말 더더 바라지네.

세 번째로는 이건 큰 포부인데 어차피 아들하고 하고 싶은 거 말해보는 거니까.

미디어에 우리 채널을 갖고 싶어. 케이블 채널 같은 거.

지금 우리 유튜브 채널은 재미 위주로만 영상이 올라가니까 좀 진지한 부분도 보여드리면 어떨까 하고.

우리 선호가 맨날 엄마랑 장난만 치는 별생각 없는 사람처럼 비춰지는 게 속상해.

물론 지금 우리 씨앙이분들은 그런 분이 없지만 잘 모르는 사람들이 선호를 생각 없는 사람처럼 보더라고.

엄마 놀리는 사람으로.

똑똑한 놈인데.

화학 석박사 과정 마친 놈인데. 엄마로서 안타깝지.

그래서 사람들이 우리 아들 진지한 놈이라는 거 알았으면 하는 마음이 커지다 보니 생각이 여기까지 왔네.

'미스터트롯3'에 나간다고 해서 얼마나 좋아했는데 촬영을 그렇게 해놓고 통편집이라니. 너무 속상해서 잠도 못 잤어.

언제든
다시 시작할 수 있는
당신만의 필름

이 책의 마지막 페이지에 와 있는 지금, 당신의 마음속에는 어떤
장면이 떠오르고 있나요.

저는 10년 넘게 렌즈를 통해 세상을 바라보면서 하나의 사실을 배
웠습니다. 완벽한 장면은 없다는 것. 카메라도, 조명도, 인물도,
주변의 소음도 매번 다릅니다. 우리는 그저 저마다의 환경 속에서
저마다의 장면을 만들어가고 있을 뿐입니다. NG처럼 보였던 순
간들이 모이고 모여 결국 나만의 이야기가 되었고, 돌이켜보면 그
투박한 장면들이 가장 솔직하고 아름다웠습니다.

이 책에 담긴 이야기들도 마찬가지입니다. 멋지게 포장된 성공담
이 아니라, 흔들리고 넘어지고 그래도 다시 일어선 날들의 기록.
쓰면서, 그리고 어머니의 목소리를 들으면서 저는 몇 번이고 깨달

있습니다. 우리가 겪는 힘든 순간들은 끝이 아니라 다음 장면으로 넘어가는 전환점이었다는 걸요.

혹시 중단했던 이야기가 있다면, 오늘 다시 촬영을 시작해보는 건 어떨까요. 초점이 흔들려도, 원치 않은 소음이 녹음되어도 괜찮습니다. 당신의 생이 매 순간 완벽한 A컷일 필요는 없으니까요. 있는 그대로의 오늘을 한 장면 한 장면 기록해나가는 것, 그것만으로도 당신의 필름은 충분히 가치 있습니다.

이 책의 끝까지 와주셔서 감사합니다. 우리의 투박하고 날것 같은 기록이, 당신이 오늘을 견뎌내는 작은 이정표가 되었기를 바랍니다.

기록하는 아들과

살아내는 엄마 드림

그런 밤, 모두의 에세이

초판 1쇄 인쇄 2026년 2월 27일
초판 1쇄 발행 2026년 3월 4일

발행 스노우폭스북스
발행인 서진

지은이 정선호, 박근미
엮은이 서진

진행 편집 2팀 박정아
편집부 홍다휘, 김남혁

표지·본문 김완선
디자인 이성희

마케팅 총괄 김정현
기획전략 김형연
홍보 윤서하, 김민주

제작 박범준

종이 월드페이퍼
인쇄 남양문화사

주소 경기도 파주시 회동길 527, 스노우폭스북스 사옥 3층
대표번호 031-927-9965 팩스 070-7589-0721
전자우편 edit@sfbooks.co.kr
출판신고 2015년 8월 7일(제406-2015-000159호)

ISBN 979-11-94966-32-6 03800

스노우폭스북스는 "이 책을 읽게 될 단 한 명의 독자를 바라보고 책을 만듭니다."